天下篇，逍遙遊
七星劍，葫蘆酒
你就這樣長身去了江湖
自天涯滄桑風塵回来的你
大鐘鳴鼓，琴瑟竽笙
高台厚榭，邃野之居
或人何在？或人何在？
你又帶書攜酒配劍
從眼前到天涯，一路過去

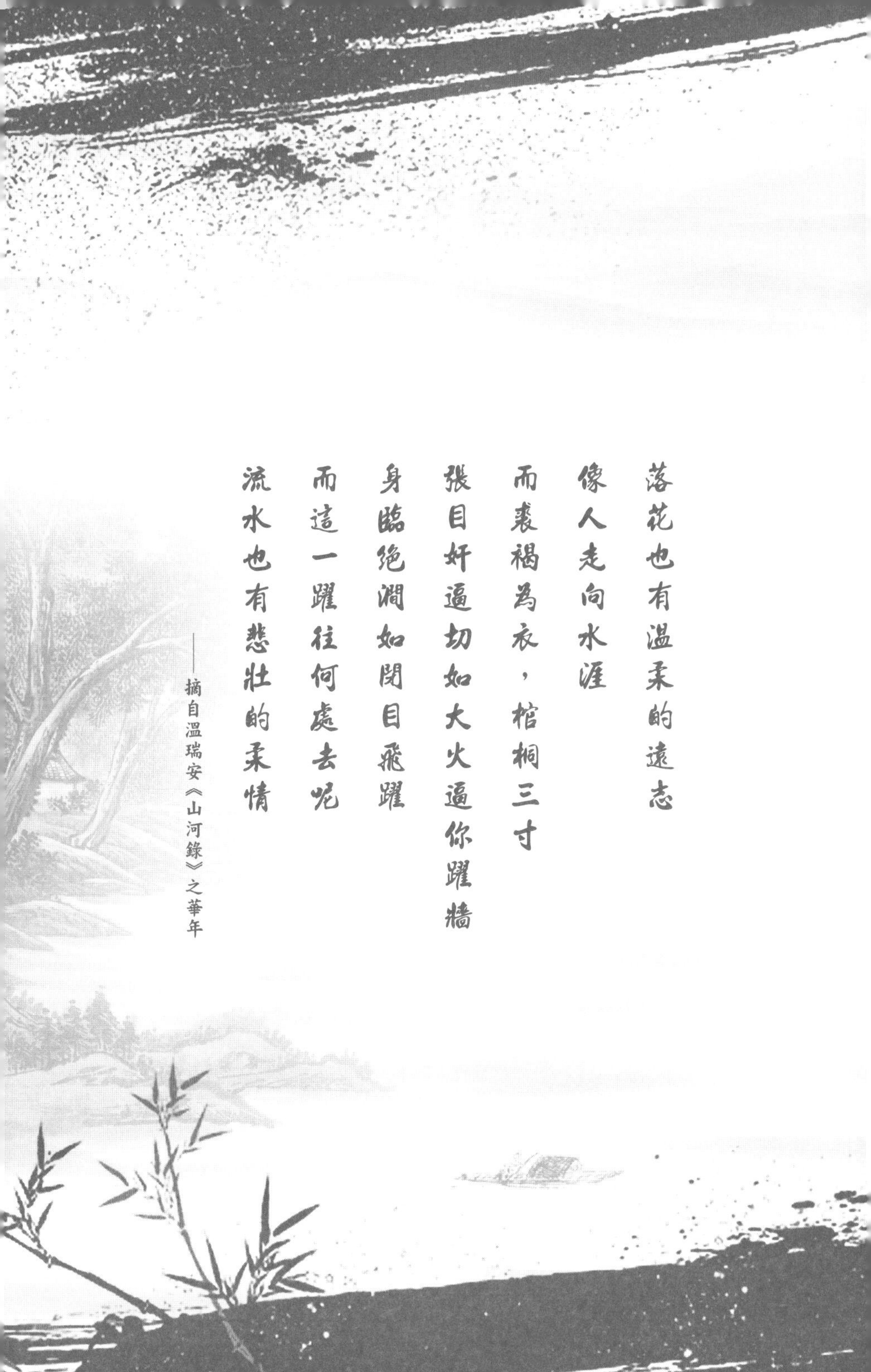

落花也有溫柔的遠志
像人走向水涯
而裹褐為衣，棺桐三寸
張目奸逼切如大火逼你躍牆
身臨绝澗如閉目飛躍
而這一躍往何處去呢
流水也有悲壯的柔情

——摘自溫瑞安《山河錄》之華年

神州奇俠

武俠經典新版

溫瑞安 著

卷七

寂寞高手

浪漫的寂寞

《寂寞高手》自序

溫瑞安

「神州奇俠」八部及「大宗師」四書裡，我自己比較喜歡「人間世」、「寂寞高手」、「天下有雪」、「養生主」四部，因爲我覺得這四部小說結構比較完整，文字比較優美，風格比較強烈，故事也比較突出。其中最鍾愛的是「寂寞高手」，因爲我寫它的時候，剛自一連串的打擊與劫難中重新站起。我寫「闖蕩江湖」和「神州無敵」的時候，憂患重重，到「寂寞高手」已塵埃落定。細心的讀者會發現，「闖蕩」和「神州」二書裡文字的反映了我內心和所處時局的混亂程度，但到「寂寞高手」語言重新清晰，風格重新建立，而且找到了一個新的起點與形式。這形式跟較早的「劍氣長江」、「兩廣豪傑」、「江山如畫」、「英雄好漢」的豪情尚義、任俠使性是不大一樣的。「寂寞高手」同樣明朗，但比較成熟。

也許一個人在懷憂喪志或心亂如麻的時候，這種情緒難免會在行文間透露出來。

彷彿冥冥中有什麼力量不希望我在廿六歲之齡完成這十二部書，所以曾在執筆撰寫其間，接二連三發生了驚天動地的變化，甚至在我堅定而堅持地寫完這十二部書後，這變化終於吞滅了我。

很懷念我寫「寂寞高手」時的堅強自信，也很喜歡「寂寞高手」這本書讓我結識了世間裡許多寂寞的高手，他們有的成了我的好朋友。追求寂寞原本也是一種浪漫的情懷，彷彿寂寞跟美麗的淒涼、動人的孤單同義，其實是不然的，真正的寂寞並不浪漫，只非常孤獨。

稿於一九八四年八月廿五日星洲聯合晚報連載「易水寒」（逆水寒）中

重校於九三年七月一日方來港一個月觀察大勢後返馬。金屋水晶重行佈陣。葉浩發現「四大凶徒」（友誼版）加插多頁介紹、資料／二日：榮德欲匯「箭」、「絕對不要惹我」款來，並發現大陸「傷心小箭」有七種翻版盜印（或以上），並致意有關「金銀劍獎」事，其子潛龍正編：「溫瑞安雋語錄」。得水晶寶石：「桃花」＋「心水清」

修訂於九八年十月七、八日

ET抄襲未免過態／天天文化寄來「溫瑞安武俠文學系列」合約／大福德自在圓滿菩薩手傷，憾／台送來「溫瑞安武俠世界半月刊」合同／為填AE大黃水晶「天下無敵」款困擾

神州奇俠 正傳卷七

寂寞高手

目錄

第一折 甲 乙 丙
第二折 子 丑 寅

《寂寞高手》自序 浪漫的寂寞……3

高手
甲 蘭陵王……003
乙 李沉舟殺李沉舟……016
丙 李沉舟之死……034

寂寞
子 莫愁湖畔……061
丑 三把劍的人……075
寅 青衫客的面具……092

卯　哭泣的稻草人……112

第三折　英雄寂寞

天　一張椅子……127

地　一副棺材……140

玄　賞心樂事……155

第四折　壯士悲歌

過門　拳頭……171

歌詞　兄弟……185

歌曲　妻子……200

第五折　英雄不寂寞

春　飛將軍……221

夏　宋金蒙古……235

秋　天下英雄令……249

冬　關雲長……263

第一折　高手

甲　蘭陵王

「斜陽古柳趙家莊，負鼓盲翁正作場；
死後是非誰管得，滿村聽唱蔡中郎。」

如此用唐教坊底二十八調遺音中的十八調，唱了一段，由末泥色主張，引戲色分付，副淨色發喬，副末色打諢，添一人作裝孤，演起「黃粱夢」來。

這諢名「鼓子詞」的雜劇，扛堂扛堂地在台上演，戲台稍嫌簡陋，顯得搭建匆匆，但戲服華貴，而且一排排、一列列，坐得滿滿，有老的、有少的、有男的、有女的，聚神看戲，閒嗑瓜子，時交頭接耳，時鬨然叫好。有的孩童，在戲台旁嬉踢毽子，婦女梔子膏味道好一陣沖鼻。在戲台前排，人群中望去，第一眼必被他神容吸引住的那人，正皺了皺眉，擂了擂鼻，仰天打了一個噴嚏。

這教千人萬人中首先望得著的人，便是「君臨天下」李沉舟。

李沉舟也並非專注在唱詞上，他略帶倦意的眼神遊逡四顧，時有父老婦孺來問好道平安，他也連忙欠身，臉帶微笑的招呼：元大媽還有做餌塊麼，真是好手藝，喫過便難忘……庾四爺的風濕痛好了些麼，回頭叫秀山給四老爺上藥去……戴細官怎麼了，上次給唬著的事，究竟壓驚了沒有？……如此一一相詢，如煦煦暖暖家人語，誰也難以想像，在峨嵋金頂以一人面對千百名武林一等高手的虎視眈眈下，談笑自若，技壓群眾的「權力幫」幫主李沉舟，在這裡一樣親切如家長、篤誠如君子、溫文識禮的慊慊淳儒。

李沉舟便是常常湊辦些節目，諸如梨園、彈詞、大鼓、參軍戲等，給幫中家人娛賞。李沉舟也偶出現其間，跟大家殷勤問候。他對屬下極嚴，對屬下家人則視若至親，故幫中上下，無不對之願效死相報。

這時台上的戲開得正鬧，一名白鬍子白髮白眉的老爺子持拐杖巍巍顫顫走來，一個滿臉皺紋的老頭子連忙相攙扶，李沉舟也扶另一邊，笑道：「湯爺爺愈來愈健朗了，再過幾年，連我也自歎弗如。」

那老公公想說話，張開手，嘴吔呀呼呀呼的，一時說不出話來，白鬍都蓋住了嘴巴，李沉舟笑著替他醮濕了鬍梢，梳理了紋路，旁邊的老頭子笑道：

「幫主，您提攜我幾個兒子，又擢拔我幾個孫子，連同那幾個小反斗，也一人得道，雞犬升天，您待我們湯家五代，真是恩同再造，粉身難報啊……」

李沉舟微笑道：「這是哪裡話，湯家五代同堂，都爲『權力幫』立過大功，是幫裡欠湯家的恩典哩。是了，您老今年三月才做過九十大壽，令尊大概也有年齡過百了罷……」那老頭兒笑得眼皮都睜不開來似的，說：「幫主您好記性，我爹他老二十九歲生下了我……」

李沉舟咋舌道：「老爺子福壽並昌，真了不起。」那湯老爺子似老得連手都不靈便了，撓著舌就講不出一句話，只能點頭致意。李沉舟微笑表示瞭解，這時又來了賬房吉先生。這老先生已喝得醉態闌珊，委頓不堪，手中猶執著秤錘，一搖一擺地打著酒呃，李沉舟笑道：「怎麼，吉先生打起『醉拳』來嘞？」

吉先生醉斜著眼，幌然笑道：「『醉八仙』？我只會打『醉螃蟹』。」吉先生不諳武功，幫中上上下下都知道，「醉八仙」是普通的武藝，吉先生在幫裡待久了，多少也知道一些。吉先生如此說，模樣又怪形怪狀，眾下都笑了，李沉舟拍拍他的肩膊道：

「吉先生，坐下來聽戲罷，是蘭陵王的破陣子呢。」吉先生當下頷首，李沉舟拉了張紫檀木凳子教他坐下了，又去攙扶湯老太爺和湯老頭父子落坐。

這時戲正演到了「大面」。「大面」又叫做「代面」，演的是北齊蘭陵王，文才武略，驍勇善戰，但容貌秀美若女子，因恐不足以威敵，乃刻木作假面，常著之以臨陣，曾破周師於金墉城下，勇冠三軍，齊人壯之而作此舞，以模擬其指麾擊刺之狀，世稱「蘭陵王入陣曲」，在唐時已盛行。戲者戴覆可怕的大面具，身著紫衣，揮金粧刀，執鞭而舞。

這時台上的人，舞得正是激烈，隨著交集的樂音，而且上身盤旋著振翅欲翔一般的龍蛇，劇烈地旋轉著。李沉舟微笑地看著。這時「蘭陵王」忽地一個縱身，半空翻七個觔斗，人人一齊喝得一聲采。

這時鞠秀山匆匆走了過來。鞠秀山是「權力幫」中「八大天王」中的「水王」。「八大天王」中，「鬼王」陰公死於浣花溪中，「蛇王」老少死於伏虎寺中，「劍王」屈寒山歿於騎鶴鑽天坡上，「火王」祖金殿逝於峨嵋山下，「人王」鄧玉平被殺於鴻門，「藥王」莫非冤浣花蕭家喪命，「權力幫」中現只剩下了「水王」與「刀王」。

鞠秀山在權力幫是個儒生。權力幫雖是武林幫派，但也亟需文藻之士、才識博洽的人來應付些事理。幫裡交給鞠秀山的差事，無不一一辦理得妥妥貼貼。日久之後，立了無數小功，他又不以此自居。李沉舟知道了，便派他一些大差事。凡事交在鞠秀山手上，無不治理得一清二楚，又快又妥。但此人行蹤神祕，常無故不在，啓人疑竇。李沉舟便派給他極棘手的事，來考驗他，鞠秀山雖遇兇險，但依然處理得穩穩當當。李沉舟萬般考較他後，試出此人任勞任怨，克勤克儉，而且諄諄諫言，耿耿忠心，便提升他爲「八大天王」中的「水王」。

李沉舟知這鞠秀山向來穩重淡泊，遇事精明強幹，而今見他手持一物，腳步稍有些倉急，知發生了要緊事兒，當下問：「什麼事？」鞠秀山道：「人頭。」李沉舟一皺眉，遂又展開，問：「什麼人頭？」

鞠秀山用身背擋住了其他人的視線，打開那布包的結，張開來湊近李沉舟，李沉舟一看，又一蹙眉道：「『虎婆』？」鞠秀山道：「是」

「獅公虎婆」與「長天五劍」，俱是「權力幫」的要將，當日「五龍亭」、「古嚴關」、「海山門」之役，這七人均有參加，而且舉足輕重。而今「獅公虎婆」中，「虎婆」首級在此，李沉舟也不禁要鎖緊雙眉：換作往日，權力幫自是賠得起，但這些年來，權力幫損兵折將無算，連對朱大天王的攻勢，都得改爲自保，易反攻爲守，步步爲營，對蕭秋水那一夥人也以連橫結交而非對立，權力幫處境之窘迫，可想而知。

李沉舟當下問道：「她怎麼死的？」鞠秀山道：「今日是『獅公虎婆』輪值，她的屍首是給送來的。」李沉舟問：「送來的人呢？」鞠秀山道：「死了。」李沉舟問：「怎會死了？」

鞠秀山道：「送這顆頭顱來的人，早已被逼服毒，人頭一送到我手裡，立即就死了。」

李沉舟道：「那對方斷無可能爲了送這顆死人的頭，而費如此周章。」

鞠秀山道：「是。」

李沉舟目光閃動，道：「那麼這顆人頭定必有問題了。」

鞠秀山道：「是有問題。」

李沉舟問：「什麼問題？」

鞠秀山用五隻手指，輕罩住那「虎婆」的頭蓋骨，道：「這頭殼曾給人用刀整個小心地剜去，然後掏出裡面的東西，而塞入炸藥，接縫得極其巧妙，若末留心，很難發覺得到。」

李沉舟沈吟道：「這炸藥能不能自燃？」

鞠秀山立刻搖首：「不能。」

李沉舟道：「那麼敵人之所以殺『虎婆』，是為了將她的頭內安置炸藥，這塞滿炸藥的人頭，當然是為了炸死我……」目光射向鞠秀山。

鞠秀山垂首道：「是。」

李沉舟笑了一笑，道：「你以為那安排這道毒計的人，會在什麼時候下手？」

鞠秀山道：「現在。」

就在這時，那戲台上飄飛倏忽的「蘭陵王」，「呼」地斗然翻出，縱刀斜削，金刀耀目，一剎那間，下了七記殺手。

同時間，左邊的吉先生，鎚秤忽然點打而出，疾戳李沉舟後心七大要穴！

同一瞬間，右邊的湯老太爺，白花花的鬍子變作鞭子，「督」地迎頭鞭下，左手「大韋陀杵」，右手「小金剛拳」，雙鋒貫耳，連環打出！

這剎那，直如電光石火，李沉舟驀地不見了。

他已閃到了台上，那手握赤金鞭，執持紫金刀的「蘭陵王」，與他正鬥在一起，只見人影倏忽，如兩隻大鳥般此起彼落，看戲的人，無不因變起非常，愕然立起。

大家站起來的時候，湯老太爺已倒了下來。湯老太爺的招數，突然打空的時候，便等於全打向吉先生。吉先生居然以鎚秤一一化解，但就在此時，他已發覺自己背後已多了一人。

湯老太爺狂嚎迴身，尚未出手，那人已一刀刺中了他的心窩。正中心房，那人飄然身退，湯老太爺倒下，喘息，神情又回到那病骨支離、老邁不堪。湯老頭兒這時俯伏過去，哭道：

「爹，你爲何要這樣做……」泣不成聲。那青衣羅帽的青年雙手放入袖內，也不爲已甚。

吉先生的武功比湯老太爺要好。他化解了湯老太爺的一輪急攻後，再要覓路而逃，已來不及，這時他可一點醉態也沒有了，卻在鞠秀山的一雙如水長袖下，失盡了先手，鎚秤也丟飛了。

鞠秀山的武功，一如「道德經」中的「兵強則滅，木強則折。堅強委下，柔弱處上。」吉先生左衝右突，仍然衝不出鞠秀山掌影籠罩之下，忽地「水王」將袖一捲，聲勢轉弱爲強，如一張大鐵帚般迎面掃了過去。

吉先生見來勢如此盛強，忙拍出雙掌，想借勢後縱，並乘機逃遁，忽覺來勢陡緩，又化強爲弱，水袖舒展，竟在他手中塞了一物。

這時吉先生的雙掌，正全力一擊，手中忽多了件東西，吉先生情急間翻腕亮爪，自然送出內勁，「波」地一聲，那事物被他捏穿，「轟」地一聲，火石硝煙，吉先生慘嘶而倒。

他抓的正是「虎婆」的人頭。

「蘭陵王」的刀光，耀眼生花，顏色奪目的戲服燦燦閃亮，三人之中，他的武功比吉先生還強十倍。他初只求打中頭顱，引起爆炸，與李沉舟同歸於盡，但李沉舟一上來就把他迫回台上，使他遠離了炸藥。他只好再求其次，想要傷敵，一上來就變了七八種武功，卻連李沉舟的衣袂都沒法沾到。最後只求得脫，但李沉舟身形東倏西忽，「蘭陵王」金刀霍霍，闖了十次，也被化解了十次。

「蘭陵王」長歎一聲，迴刀自刎，李沉舟輕哼一聲，身影一閃，一出指，「嗤」地破空射出，擊中他腕後三寸處的「會宗穴」，「蘭陵王」金刀嗆然落地。

「蘭陵王」大喝一聲，舞服上的金飾一齊急響，他人如大鳥般皐起，平飛掠出，掠到了一柱擎天的旗杆上，輕輕一點，宛似飛燕在天空一折，又掠了出去。

這輕功簡直令人瞠目：但他掠出去的身子，卻幾乎撞到李沉舟！

天空那麼闊，他竟撞上李沉舟。

「蘭陵王」一咬牙，身未回，身形卻「哧」地倒飛而出，宛若流星，斜掛縱落，在雞蛋花樹椏上一點，又疾地沖天而起，這次去勢，比剛才更遒勁急，他的舞服在驕陽下映耀，猶如孔雀開屏，破空而去。

可是天空那麼廣大，李沉舟仍是在他的路上等著他。

就在這時，「蘭陵王」的身子遽然急旋起來，這急旋之際，他繭綢長袍，竟然冒出一股白茫茫的濃煙來。

所有的人都怕那煙有毒，捂住了鼻子，「蘭陵王」愈旋愈急，白煙也愈來愈濃，並發出啪啪火花，在濃煙之中，一條淡淡的人影破空斜裡射出。

他那令人神馳目眩的衣服，已置於地上，他的人著了一套窄身短打，急掠而出。——就像壁虎逃避敵人留下了斷尾，來吸引住敵人的注意——他的身法快如鬼魅。

李沉舟躍開，靜靜地說：「慕容若容，敗了便敗了，你不該逃走的。」

這時「蘭陵王」的身子已躍上了圍牆，陡地一頓，在輕輕柳梢彎稍稍遲疑一下終於躍落，李沉舟輕輕歎了一口氣。

忽地一人自圍牆外升起，倒落回牆瓦上，怔在當堂，背向眾人，只聽圍牆上有人說：

「是的，你不該逃走。」

那去而復返的是「蘭陵王」，他仰天倒下，跌落到牆內來，咽喉如噴泉一般湧冒著鮮血，喉嚨格格有聲，在臉具後睜大了眼睛，卻說不出一句話來。

他一落下，恰好來了一陣風吹，那柳絲在圍牆外點頭也似的，這時圍牆上便飄來了一個人，是個身著青衫文士巾，正在用一條潔白的手帕，抹揩自己的手，臉上帶了個淡淡的微笑，是柳隨風。

李沉舟沒有再說什麼，他只是蹲下來，俯視湯老太爺的傷勢。湯老太爺的傷當然是沒救了。他一面咳，一面咯血，一面掙扎起來，要握李沉舟的手。李沉舟伸手讓他握住了，湯老太爺展開了一個安慰的微笑，李沉舟用另一隻手掌拍拍他的手背，露出瞭解的眼光。

湯老太爺大口大口地喘息一會，道：「……好……幫主……您座下『刀……王……』……他的刀法又進步了……」

殺他的人便是「刀王」。「刀王」兆秋息靜靜地在一旁看著，沒有作響。湯老太爺嘴角不斷溢出血來，已神枯力竭，支撐不住，猶自問道：「你……殺我的是……什麼刀……？」

兆秋息殺人，每殺一人，即換一刀，天下聞名，只聽他道：「是『清臣守節刀』。」湯老太爺聽得一震，闔閤雙目，竟淌下兩行清淚來。

原來唐開元天寶年間，安祿山反於范陽，揮兵南下，西進潼關，顏杲卿與弟真卿兩兄弟起兵勤王，舉事響應，以號召勤王有功，加御史大夫；未幾河北凡十七郡，重歸唐室。後常山城破被俘，安祿山擒之，因曾對他禮遇有加，痛斥之：「何負汝而反邪？」杲卿正氣凜然的罵道：「我爲國討賊，恨不能斬汝！」安祿山怒極，便將顏杲卿和幼子顏誕、侄子顏詡，一同支解處死。

顏真卿便是杲卿之弟，寫得一手好字，又是一門忠烈，官拜老太子太師。玄宗曾歎其廿四郡縣無一忠臣，得真卿奏章，大喜曰：「朕不識真卿作何狀，乃能如是！」李希烈兵變，宰相盧杞因畏憚真卿剛正清廉，欲借刀除之，乃建議真卿去汝州安撫，李希烈掘坑於廷，脅以爲相。真卿叱之曰：「汝知有罵安祿山而死者顏杲卿乎？乃吾兄也。吾年近八十，位至太師，知守節而死，豈受誘脅？」卒被害，顏真卿字清臣，這「清臣守節刀」是德宗追念他的忠節而鑄的。

湯老太爺知自己乃喪生在這柄刀下，潸然淚下，湯老頭子悲聲泣道：「爹爹，幫主待我們闔家恩厚，你又何苦如此做……」

湯老太爺勉力噏動嘴唇，苦笑道：「孩兒，我這般做，確是喪盡天良，全無心肝……但慕容家……慕容世家對我們先人，有過活命之德，再造之恩……有恩，豈能不報……」湯老頭哭道：「可是幫主對我們家也有恩呀……」湯老太爺澹然道：「那是後……後來的事……」說到這裡，目光渙散，眼見不活了。

李沉舟接去他的手，一字一句地道：「你放心去罷。今日的事，不會向你後人追究。」湯老太爺聽了這一句話後，才算放了心，便嚥了氣。湯老頭搶天呼地，嚎啕大哭，李沉舟拍了拍他肩膀，站了起來，這時煙霧已散盡，幫中的人，早已在這頃刻間不慌不亂地離開了場地。戲台上只剩下了幾個人：李沉舟、兆秋息、柳隨風、鞠秀山和痛哭中的湯老頭，以及湯老太爺、吉先生、「蘭陵王」的屍體。戲台上空盪盪。

乙　李沉舟殺李沉舟

李沉舟問：「他真的是慕容若容？」

青衫人點點頭，走過去，把「蘭陵王」的面具解下，現出一張極端清秀的臉孔。

李沉舟端詳了一陣，道：「相貌是跟傳說相像，但像，並非就確實是他。」說罷看著青衫人，似要等他回答。

「是他。」青衫人道：「慕容世家有三絕，『銀針金縷拂穴手，其人其道還其身』。」他說著慢慢張開手掌，食、中、無名尾指，各夾住一枚五寸一分見長的細針，在陽光映照下亮晃晃了一陣光芒。

李沉舟點點頭道：「是『慕容銀針』。」青衫人淡淡一笑道：「我差點也接不了。」李沉舟一笑道：「連江南柳五也差些兒沒接住的，當然就是『慕容神針』了。」青衫人道：「既是『慕容神針，那這人若不是慕容世情，就是慕容若容或慕容小意了。」青衫人柳五笑了一笑，又道：「慕容小意是女的，慕容世情……他若來了，死的恐怕是我。」

李沉舟頷首道：「那他確是慕容若容了。」微喟一下又道：「可惜。慕容若容驚才羨艷，威震天南，今番卻來喪命於此。」李沉舟看著地上的屍首，又說了一句：

「可惜。」

鞠秀山忽道：「幫主，他們在幫中隱伏了那麼多年，爲的就是這麼一擊？」

李沉舟道：「昔懷一飯之恩，不惜吞炭紋身，毀容燔髮，只待一擊，要成大事，犧牲是免不了的。只可惜他們這志在必得的一擊，委實討不了好，全軍盡歿，亦未免令人惋惜了。」

柳五柳隨風忽問道：「老大是怎樣看出他們要出手的？」李沉舟一哂道：「其實也沒什麼。慕容若容演的『蘭陵王』，技藝很高，而且一身武功，無論怎樣假裝，都是假裝不來的，秀山這時拿那裝炸藥的人頭給我，我問起知道這炸藥須力擊才致爆炸，那這些伏兵顯然都是爲了殺我……」

李沉舟笑了一笑，又道：「他們不該找輕身功夫那麼好的人來飾演動作如許頻繁的角色……只不知道，安排演戲的人，向來細心，今日竟教人混了進來也不知！」

原來「權力幫」中，每一組人事都分得極其周密，接待有接待的，稽查有稽查的，甚至跟蹤有跟蹤的，殺人有殺人的。就算是幫中總壇一名司廚的，不但手藝高明，而且善於分辨毒藥，所以若有人在菜中下毒，根本就不容易；至於今日居然教人冒充了「蘭陵王」的戲子上來，確是不可思議的事。

這時一人奔了過來，雙手向李沉舟遞上一面密函，李沉舟隨手拆開，道：「原先演『蘭陵王』角色的阿忽雷，三天前遭人勒斃……這下可好，沒得查了。」原來「蘭陵王」一發動，局面一受制，幫裡即有人緊急勘查「蘭陵王」的底細，卻發現原先演「蘭陵王」的阿忽雷，早已被殺多日。

柳隨風悠然道：「上個月前老大要『屠龍屠虎』打聽的事，不知消息如何？」

李沉舟道，「『屠龍屠虎』，已經死了。」

柳隨風訝然道：「已經死了？」「屠龍屠虎」爲當日「九天十地．十九人魔」中「千手人魔」屠滾之子，兩人武功凶狠霸道，猶在其父之上，而今竟都死了，連柳隨風都微微有些震訝。

李沉舟道：「不但他倆死了，連我們派去川中唐門臥底的『不回刀』杜林，在慕容家做奸細的『鐵腳老李』，都先後遭了殃。」柳隨風聽著聽著，詫異之色卻是愈濃烈。

原來這些日子以來，「權力幫」給蕭秋水等一股抗力，摧毀過半，剩下的又與「朱大天王」抗衡，聲威大減，實力漸弱，江湖上道消魔長，此消彼長，總是輪個沒完。「權力幫」日下仍是「天下第一大幫」，除「朱大天王」勢力及「神州結義」外，確也無其他勢力可與之相頡頏的。

「蜀中唐門」隱伏於川中；近數十年來，只要有弟子出來行走江湖，必人才超卓，幹出一番轟動的大事來。墨家，自成組織，紀律甚嚴，我行我素，頗有野心。「神州結義」一脈，原予「權力幫」最鉅打擊，但蕭秋水與李沉舟在峨嵋金頂一見如故，並且砥志抗金，所以反而抵消了彼此的戰禍。

蕭秋水跟他的弟兄正矢志抗金，轉戰於疆場之上，李沉舟亦有派人參戰，並得調養之機。「朱大天王」一股勢力怎能容讓「權力幫」恢復，所以攻勢更是頻急。

這年間，「朱大天王」的「七大長老」和「權力幫」的「四大護法」，全皆在燕狂徒或峨嵋山之役中戰死，朱大天王的「三英四棍．五劍六掌．雙神君」，也只剩下了斷門、閃電、騰雷三劍叟以及雍希羽之「柔水神君」，至於「權力幫」，傷亡更重，「八大天王」中，僅剩下了「水王」和「刀王」，「十九人魔」中，只剩下了「無名神魔」、「神拳天魔」、「一洞神魔」、「血影魔僧」、「快刀天魔」五人，

「雙翅・一殺・三鳳凰」中，只有「紫鳳凰」高似蘭與「紅鳳凰」宋明珠還活著。

饒是如此，「權力幫」還有李沉舟、趙師容和柳隨風三大巨頭，雖是幫威衰靡，版圖日蹙，但聲勢武功，非但別幫他派無可強項，就連「朱大天王」，相映下也黯然失色。

而「不回刀」杜林是「快刀天魔」杜絕的兒子，刀法端的非同小可，早在唐門臥底，卻無緣無故叫人識穿了，殺了尚不知曉。「鐵腳老李」係已故的「飛腿天魔」顧環青的師弟，武功直追顧環青，卻也教人看穿了，死於慕容世家之中，柳隨風微顯憂色，又問：

「盛文隆呢？」

盛文隆外號「拳打腳踢」，是老拳師「神拳天魔」盛江北的嫡親兒子，在朱大天王麾下化名「宗以權」，潛伏已久，近日一直未有消息。李沉舟搖搖頭，道：「還是沒有訊息。」

柳隨風不禁問：「老大，您看，要不要將師容姊召回？」

李沉舟道：「師容隨蕭秋水抗金，這裡縱有天大的事，也不能分了她的心。」

柳隨風垂首道：「是。」

李沉舟道：「你心中想到了什麼事，無妨直言。」

柳隨風稍稍沈吟一下，即道：「以近日情勢而言，朱大天王、慕容世家都有野心，唐、墨二家，也有異動，恐怕日內就要出事，此刻幫中人少，再分出去為朝廷抗寇邊之敵，恐為不智……」

李沉舟考慮了一下，忽然豁然一笑道：「老五，咱們昔日也曾只有七個人……後來更只剩下了兩個人，也沒怕過，今日怎麼啦？」

柳隨風也隨著微笑，但仍微有怔忡之色。李沉舟看在眼裡，道：「你莫要過份操心。朱大天王從前扳不倒我，現在也扳我不倒。唐門實力隱伏，倒是危險。墨家子弟，踔厲取死，但有唐門牽制，諒無大礙。」

柳隨風道：「但蕭秋水一股，曾殺我幫中人實眾，若不趁此滅之，任由其坐大，恐有將來之患。」

李沉舟沈思了一下，說：「蕭秋水赤手空拳，全望信義二字打天下，他的信望甚好，我不能殺他。他確確實實在抗金入侵。國難當前，一切私怨都應當放下，我們不但不應在此際分他的心，更該助他一臂之力才是。何況蕭秋水真個是全力以赴，復國殺賊，並非乘機擴張實力，我們在此時夾擊他，必貽笑天下，萬萬不可。」李沉舟笑了一笑，眼神裡又有一層似有似無的倦色：

「如果這回是我看走了眼，就算他日蕭秋水更恁威風，我也認了。」

柳隨風蹙眉不語。李沉舟善於鑑貌察色，當即道：「怎麼，你還有話說麼？」

柳隨風答：「是。」李沉舟道：「無妨直言。」

柳隨風遲疑了一下，李沉舟知其必有極難啓口之事，叫道：「老五。」

柳隨風微微一顫，應道：「在。」李沉舟更看出他是滿懷心事，於是道：「老五，你跟我闖蕩江湖數十年，連師容未來前你就到了，有什麼話不可說的？除非你不把我當哥哥了。」

柳隨風囁嚅道：「老大如此說，折煞小弟，只是……只是這事……這事跟師容姊有關……」

李沉舟臉色一沈道：「是她的也可以直說！別婆婆媽媽的，囉嗦什麼!?」

柳隨風一顫，終於道：「……我聽外人傳聞，……師容姊近年來跟蕭少俠東征西伐……宛若情侶……只怕他們……他們已……」

這幾句話下來，連兆秋息和鞠秀山都變了臉色。只見李沉舟默不著聲了好一會兒，臉色愈來愈沈，忽「哈哈」一聲，大笑起來。

笑了一陣，見柳隨風臉色有些惴惴，便收了聲，說：「老五，江湖上的人長了嘴巴，有什麼不可說的？你也是大風大浪過來的人，怎麼連這點都勘不破？」

柳隨風忍了忍，還是禁不住要說：「可是這回事盛傳得很厲害，恐怕不是空穴來風……」他說著，知道李沉舟不會相信，不禁有些激動，一條青筋，橫在他額空上閃了閃：

「老大，還是查查的好，免得受了欺還不知道。」

李沉舟忽然一閃身，到了柳隨風身前，一揚手，眾人都喫了一驚，李沉舟的出手何等之快，手已搭到了柳隨風的肩膊，柳隨風卻連眼睛都未多霎一下，李沉舟用手拍了拍他的肩膀，兆秋息和鞠秀山這才算鬆了一口氣，李沉舟道：

「你提醒得好。不過第一，蕭秋水不是這樣的人：第二，師容我信得過；第三……就算他們在出生入死的征戰中作出背離俗人禮教的事，也是相濡以沫，相慰互持，只要心沒有變，萬一作出這些事，我也並不介意。」然後他以手按著柳隨風的肩膊，一雙眼睛如一柄凝煉淬厲的劍，看著他，慎察地問：

「你懂了沒？」

柳隨風以上齒咬咬下唇，隔了半晌，道：「懂。」李沉舟放下了手，舒了一口氣，道：「你們都出去罷。」兆秋息、鞠秀山、柳隨風以及湯老頭子，霎時間清理了地上的屍首，退了出去。

李幫主說「都出去」時，便沒有人能留在他身邊，任誰都不能夠。

李沉舟待他們都離了之後，他仍站在原來的地方。這地方原是他閃身過來去拍柳隨風肩膀的所在。現在柳隨風已不在，適才在他身形一晃之際，柳隨風如果閃躲，他說不定會真的出了手。可是柳隨風卻連眼睛都沒有多霎一下。

所以他也沒有出手。

從來沒有人能在他面前講趙師容的壞話，從來沒有。他與趙師容自相識起迄今，武林中無不目爲「只羨鴛鴦不羨仙」，趙師容不但武功、智謀、組織、辦事都有過人之能，而且從來知道自己的份位，不以自己才藝有所逾越，只一心造成李沉舟的霸業鴻圖；跟趙師容在一起，決不會因而跟弟兄疏遠，或只耽迷於美色，或消磨了壯志。趙師容，不但是他的妻子，也是他的妹子，更是他的好助手。

趙師容從未出過錯，所以沒有人能說她的壞話。

李沉舟隔了良久，緩步來回踱起來。當他離開他原先站立的地方時，青石板上，兩道深深的履印，嵌了進去。

剛才的話，已激起他心中萬丈波濤；但他不動聲色，硬生生壓了下去，那真氣到了腳下，竟將石板踩得深陷進去。

——師容，究竟是不是？

他腦海裡浮現了蕭秋水劍氣縱橫，有王者風貌的樣子……又想起了那巧笑倩兮的趙師容……他竭力甩了甩頭，心裡一個聲音在喊著：不會的，不會的……

——要真的是，容兒，妳無需瞞我。

這院子深遠，李沉舟踱過那戲台側畔，回首望去，只見一列列、一排排的坐椅空空，人都去了，只留下一地紙屑、瓜子殼等物。他看了心裡嗒然若失，繼續往院子裡走過去。

他愈走進去，花樹花葉愈蔭濃。他一路上蕭索地走。走到一叢叢一簇簇的黃花爬滿了的地方，稍稍停下來，想到往日趙師容曾在這裡，與他相嬉。這地方沒他允許，誰也不能進來，誰都進不來。他就跟她鬧著，在樹濃蔭處，兩情纏綣。後來趙師容翻過身來，以手支額，髮上都是草葉，癡然出神。

那時金紅澄亮的一杖暮陽，墜懸在海空那邊，照得她側臉鍍金燙紅了輪廓，李沉舟看得心裡喜歡，忍不住說：「妳好美。」趙師容只是癡癡地凝視那遠處，李沉舟也隨而注目過去，趙師容在晚霞裡伸出了手，說：「你看，花好漂亮。」

李沉舟只見那牽牛花的色澤在夕陽裡滲得更藍得反似殷紅一抹，卻見趙師容側臉挽高髻的臉蛋兒，竟比花還柔勻，心中憐惜無限，便親了一親。趙師容淡淡一笑，兩人就要相暱，忽見花架上有一雙黃雀，你躍過來，我躍過去，振翅比翼翔了回去，又追逐回來，落在花間上，吱吱唧唧，煞是親密的樣子。

趙師容嫵媚一笑道：「你是牠，我是牠，牠們是我們兩個。」李沉舟笑道：「我們兩個髒鬼……」說著又呵支她，摟著她在草地上打滾。

這時忽飛來了一隻長紅色長嘴藍頂的美麗小鳥，那母的小黃雀，就飛開了，跟那紅嘴鳥在一起，開始上下飛翔，吱啾莫已，到了後來，甚是親密，那雄的黃雀立在一旁，甚是沮喪的樣子。趙師容見了，撇著嘴道：「我才不是牠哩。」

說時那雄黃雀忽然掠起，直往地上重重一摔，撞在石上，迸出了腦漿，竟自死了。李沉舟、趙師容都喫了一驚，未料到那雄雀竟如此烈性，都來不及阻止。那雌雀竟自與紅嘴鳥飛了。

李沉舟心中恚然大怒，心忖：這小鳥兒天性如此薄情，不如殺了！當下拾了一粒石子，道：「待我將牠殺了。」趙師容側首問他：「殺了誰？母雀還是紅嘴鳥？」李沉舟見趙師容在夕陽中臉紅得像秋天最美麗的顏色，又柔和無比，竟自癡了，怔了一下，才道：「兩隻都殺。」可是說著話時，兩隻鳥兒都飛走了，只剩下黃色雄雀的屍體。

李沉舟這時想起來，心中一陣惘然。

這時他已走到林子裡一棵紫檀樹下，重重地踏了三腳，只聞軋軋之聲，不遠處一棵極大的銀葉板根，其根部緩慢裂了一個大洞，裡面有一個身段窈窕的紅衫人，一聳肩就躍了上來。

這人艷若桃李，杏腮含春，正是「紅衣」宋明珠。宋明珠自從在丹霞山一役，巧戰「別人流淚他傷心」邵流淚，重創了他後，自己也被打下深崖，與蕭秋水有過一段夙緣。

她依然是紅衣勁裝，黑腰帶黑靴鞋，眼睛像明珠一般的亮。

宋明珠躍上來，道：「宋明珠拜見幫主……」

李沉舟第一句就問：「小紫回來了沒有？」

宋明珠一楞，即道：「沒有。」忽又想起道：「但據『長天五劍』自瞿塘捎來的訊息，高姊姊只怕眼下就到。」

李沉舟嗯了一聲，又問：「妳識得蕭秋水，他爲人怎樣？」

宋明珠又是一呆，沒料到李沉舟會這樣問。李沉舟見她有些狐疑，即道：「妳曾被朱大天王的長老邵流淚擊落山崖，被逼服『陰極先丹』，蕭秋水也被迫食『陽極先丹』，但兩人都守禮始終，我都知道了。我問的是，蕭秋水的人，節制力、克抑之能如何？」

宋明珠一陣詫異，這事只是她和蕭秋水的事，李沉舟如何得悉？她當下不敢再猶疑，說：「丹霞山之事，到最後仍不致壞了名節，當然是事有湊巧，掉落在『操蟲』上，但由始至終，把持得住的，不是我，而是他。」宋明珠明艷如火，說到此處，在李沉舟澄澈的目光下，仍不免有些赧然。

李沉舟道：「那妳心裡恨不恨蕭秋水？」

宋明珠用上齒咬了咬下唇，道：「恨。」遂而又搖了搖頭，道：「不恨。」

李沉舟問：「爲什麼恨？爲什麼不恨？」「三鳳凰」原是歸總管柳隨風所隸屬，李沉舟很少對她們溫言談笑，柳五則不然，柳五一生不對女子疾言厲色，如果他不喜歡那女子，他寧可殺了她，也不斥罵她。

宋明珠抬了抬眸，長睫毛顫了顫：她不明白今日李幫主怎麼會忽然問起她這些事情來，但是覺得眼前的人，如家長一般親切，使她禁不住將一切都傾吐。

「我也不知道。只覺得他在那時，不該太拘泥古板，心裡又很感謝他的拘禮。」宋明珠坦然說，「我自小闖蕩江湖，也經歷過些辛酸，武林人不是對我畏之如蛇蠍，便圖非份之念……像蕭秋水這樣的人，確實很少，他……好像不是人。」

李沉舟揚眉微笑道：「哦？」

宋明珠忙道：「好像不似一個真的人，我總是以爲活生生的人是有七情六慾的。」

李沉舟道：「也許他是因爲唐方……」

宋明珠咬咬唇又說：「要是爲了唐方，那更不必如此。在那種時候，又有什麼好怪罪的？蕭秋水和唐方是名滿江湖的愛侶，但咫尺天涯，始終未能在一起，這我也知道……唐方姑娘我沒見過，江湖俠侶，心胸絕不致如此狹窄，而我自己也不會自作多情到以爲能取而代之……只不過，唉，蕭秋水真不是人！」

李沉舟笑道：「或者是怕妳不願意？」

宋明珠抬頭看向李沉舟，掛了一個甜甜的笑意：「我會不願意嗎？」

李沉舟避開了她的目光，道：「抑或是怕柳五知道？」

宋明珠笑得咭咭連聲，花枝亂顫，道：「幫主，他連您的虎威都敢攖，還畏懼什麼來著？」

李沉舟點了點頭，問道：「那妳呢？妳怕不怕？」

宋明珠一愕，問：「怕什麼？」

李沉舟道：「怕柳五知道。」

宋明珠低頭，低聲道：「他不知道的。」

李沉舟大笑道：「你以爲他會不知道!?」宋明珠錯愕抬頭，只見李沉舟笑道：「連我都知道的事，他很少還不知道的。」

宋明珠倏地變了臉色，李沉舟緊接著一句：「柳五的爲人，妳是知道的了。」

宋明珠緊抿著唇，點了點頭，好久以前，還有兩隻「鳳凰」。「金鳳凰」冷笑卿便因不聽他的話，在一次柳五下令她去攻打朱大天王時，因後援來得太緩而犧牲了，淹死江中。「火鳳凰」水柔心因戀上武當派卓非凡，兩人打得火熱，不聽柳五勸告，柳隨風一聲令下：兩人如果再見，他便殺了卓非凡，水柔心憤而自殺。

宋明珠每當想起這些事兒，冷笑卿淹死時的一頭濕髮，慘白的雙頰……水柔心自戕前，瘋狂的笑聲……便暗自惶慄。

李沉舟微笑再加了一句：「柳五不殺妳，便很可能因爲丹霞山那兒，妳並沒有做出什麼對不起他的事兒。」宋明珠聽得不住頷首，李沉舟又道：

「可是柳五的脾氣，妳是知道的，他隨時改換一切態度，……今天他不生氣的事，明兒他再想想，或許就會怫然大怒了。」

宋明珠又惴惴不安起來，李沉舟又說：「可是如果我去說情，或許他會礙在我面上，不會怎樣……」說到這裡，便止住不說了。

宋明珠顫聲問：「您……您要我怎樣？」

李沉舟正色道：「我不要妳怎樣。首先，妳是柳五的人，我問的話，妳都可以不必答。但是妳現在有求於我，我可以向柳五說，不過，妳先要回答我一個問題、做一件事。」

宋明珠考慮了一陣子，毅然道：「幫主，本來您有事相問，我知無不言。」

李沉舟笑了一笑道：「可惜我問的就是柳五的事。假使……」李沉舟頓了一頓，一字一句地道：「假使柳五要妳殺了我，妳殺不殺？」

宋明珠的臉色一時回不過來。這問題包含了三項：第一，柳隨風有沒有叫宋明珠殺他？第二，柳五有沒有生過殺李沉舟之念？第三，要是有，宋明珠殺不殺？

宋明珠神色變幻了一會兒，李沉舟一直在看著她，在仔細看著她。宋明珠吸了一口氣，道：「五總管有提起過。」

李沉舟一展眉，道：「提起過殺我的事？」

宋明珠默默點了點頭，臉色也恢復了紅潤，道：「是。五總管說，如果有一天，他要我殺你，從那時起，我便可以殺了他了。」

李沉舟皺眉道：「爲什麼？」

宋明珠盈盈望著他道：「他說，因爲他那時候已不是人了。」

李沉舟沈默半晌。輕輕歎了口氣，他的歎息如落葉一樣飄忽。「妳有沒有聽過『老伯』的故事？」

宋明珠搖搖頭，李沉舟道：「那是一個才子寫的故事：『老伯』是幫會領袖，他跟『萬鵬幫』爭霸，起先占了上風，後來兒子、得力助手，都死於狙殺，他假裝被打得無法還手，其實暗中培養最後全力一擊：要攻陷『萬鵬堡』。幫中可信賴的人，只死剩律香川一人。他就在出擊前將幫中一切交給他，卻不料交接一完，立即就遭到了律香川的暗算。原來最可怕的敵人不是對手，而是朋友。」李沉舟說到這裡，雙眼又有一種空漠的神情，平視宋明珠道：

「我今日，可算也接近這種田地；所以我不能再疏忽，縱是最好的朋友，也要留意一些。」

宋明珠睫毛顫動，忽然問了一句：「幫主覺得五總管有嫌疑？」

李沉舟不答反問：「柳五知不知道我常找妳們來聊天的事？」

宋明珠垂首道：「我不知道他知不知道。」

李沉舟笑了，負手悠然望天：「他該知道的。」

宋明珠想了一會兒，問：「那您……您要我做的是什麼事？」

李沉舟輕聲道：「殺了我。」

宋明珠一驚，驚然道：「什麼!?」

李沉舟淡淡笑道：「對。就是殺了我。」

丙　李沉舟之死

宋明珠退了兩步，仍不敢相信李沉舟說的是真話：「……您……要要我殺你……」

李沉舟微笑，陡掣出一柄金光熠熠的短刃，道：「對，妳快殺了我。」

宋明珠訝駭莫已，囁嚅問：「爲……爲什麼……」

李沉舟道：「因爲用這柄刀殺我，殺不死我；若真的有人用刀殺我，我就死了。」李沉舟見宋明珠疑竇叢生的樣子，知道她尙未明白，便笑道：

「我叫兩個人來，妳便明白了。」

說著拍了兩下手掌。兩聲掌聲一過，一株高大的桐樹後，閃出兩個人來。一人全身紫衣勁裝，身材高挑頎昂，如鐵騎風雲的大將軍，卻是清谷秀雅的女子。

宋明珠詫喚：「高姊姊！」

這女子便是「紫鳳凰」高似蘭，她身邊的人，黑布蒙臉，身形看來甚是熟悉。

宋明珠不禁問道：「妳……妳已回來了!?」

高似蘭點點頭，李沉舟道：「她早已在三天前回來了，」轉身向高似蘭說：

「妳告訴她盛文隆所探得的虛實罷。」

「是。」高似蘭應，即向宋明珠道：「盛文隆潛伏在朱大天王麾下已三年有餘，卻忽被瞧出身份，他逃了出來，而杜林和老李都死了。他逃出來時只剩下一口氣，我去接應他時，遲去一步，他便給人幹掉了。他只來得及告訴我幾句話……」

宋明珠睜大著眼睛聽下去，她知道這「幾句話」必有很大的關係。用生命換來的話語，通常都是極珍貴的。果然高似蘭道：

「盛文隆說：朱大天王、慕容世家、唐門三方面都派出了殺手，要在幫中裡應外合，殺了……幫主。」這「幫主」兩個字，原本就是「李沉舟」的名字，高似蘭當著李沉舟的臉，就算是轉敘，也有諱避。李沉舟接道：

「今日看戲的時候，已來了一批殺手。」

這事高似蘭也不知曉，「哦」了一聲。李沉舟道：「來的是慕容世家的人，而且都是一流好手。」

高似蘭問：「是慕容小意?」李沉舟搖首道：「不是，是慕容若容。」高似蘭劍眉一揚，又問：「有沒讓他逃了？」

李沉舟搖首，笑道：「一個也沒逃得了。」高似蘭柳眉一豎：「慕容若容？」李沉舟道：「也死了。柳五親手殺的。」

宋明珠杏目圓瞪，問：「所以您懷疑柳五殺人滅口？」李沉舟搖首道：「柳五手下，向難有活口，這不能疑他，但是還有唐門以及朱大天王的殺手要來……與其讓他們先動手，不如我先死了好些。」

宋明珠依然不解。李沉舟道：「我死後，權力幫的大權落在什麼人手上？」

宋明珠不假思索便道：「師容姊。」

李沉舟道：「可是如果師容在河北一帶艱苦作戰呢？」

宋明珠想了想，道：「那就理應由五公子當家。」

李沉舟道：「我死了以後，幫主就是他，朱大天王和唐門的人，以及那不為人知的內奸，如果要滅權力幫，就得先殺柳五。」

宋明珠雙目一陣亮：「我明白了，若無人殺五公子，五公子就是那內奸。」柳隨風在當年創幫七雄中排行第五，年輕瀟灑，位居總管，所以被稱為「五公子」或「柳總管」。

李沉舟笑了笑，沒有直接作答，宋明珠禁不住要問。「如果內奸不是柳五公子呢？」

高似蘭微笑道：「那五公子的處境就很危險了。」

宋明珠急切地道：「是呀。」

李沉舟問：「柳五的處境爲何會危險？」

宋明珠一楞，即答：「因爲有人要殺他呀！」

李沉舟道：「所以只要保護著他，或者說，監視著他，不管如何，那暗殺者，遲早都會出現。」

宋明珠恍然，道：「我明白了，我明白了……」忽又懵然道：

「可是……可是您……您又怎能死去呢？」

李沉舟道：「所以便要妳殺了我。」

宋明珠又茫然了起來。李沉舟道：「我殺了我，」他指著那蒙面人，然後又指住自己，一字一句道：

「我的英魂才能回來保護或者監視柳五。」

高似蘭把那人的面巾扯下。那人的樣子，竟和李沉舟長得一模一樣，不過目光癡呆，掛了一個笑嘻嘻的神情，宋明珠竟未見過世界上有如此相似的兩人，但精神氣質竟又何以如此天淵之別！

李沉舟緩緩道：「他不似的地方，如果死了，就誰都看不出來了。」

死人臉上的表情都是木然的。或者說沒有表情。總之一個人死了，便失去了知覺、能力、武功、智謀和感受，以及一切。

但真正有武功、才能、實權、智慧的人，仍潛伏在幫中，在暗裡監視著一切。

宋明珠這才瞭解了李沉舟的用意。

只聽李沉舟道：「這人天生癡呆，容貌和我相似，我一當幫主的時候，就開始養他，將他養了好久，藏了起來，他要什麼便給他什麼，一生不愁喫，不愁住，不愁花用，他容貌有不妥，便給他易容，到了今天，他長得和我幾乎一模一樣，他生存的享受，都有過了，但其生命的意義，便是爲我死，而我因他死而繼續活下去……」李沉舟頓了頓，繼續道：

「所以要妳一劍，將我殺了。」

宋明珠瞠目道：「我爲什麼要殺幫主？」卻見那酷似李沉舟的人，不知死之將至，依然嘻嘻傻笑，呆獃不已，心中不禁一陣發寒。她一生任性行事，視人命如草芥，所以才在丹霞山上，一上來就重傷了吳財，殺了勞九，而今見到這好似沒有腦袋過了半生的人，也不知怎地，竟有些悚然。

李沉舟道：「妳殺了『我』的理由是：蕭秋水和妳在丹霞山時，妳將那顆『陰極先丹』扣了起來，給我知道了。」

宋明珠退了一步，嘎聲道：「……您……您怎麼都知道？」

李沉舟平靜地笑道：「我怎會不知道？我知道妳並非獨吞，而是給了柳五，柳五告訴妳，這事不可張揚，是也不是？」

宋明珠低下了頭，花容慘淡。

李沉舟道：「柳五向風流倜儻，他有多久沒理妳們了？」

宋明珠知道在這幫主面前，是什麼都瞞不住的，當下用力咬下唇，道：「已經一年多了。」

李沉舟點頭喃喃道：「這可能便是那『陰極先丹』之故。柳五雖功力深厚，天生穎悟，但『陰極先丹』的威力，確要了他不少代價。」

宋明珠聽了，頭垂得更低。李沉舟補充道：「妳便爲了這個，畏罪拒抗，連同左常生，將我殺了……當然，以我功力，你們很難輕易殺得了我……」

高似蘭接道：「李幫主平日喜歡在這林中踱步，每次他都喜歡在這裡靜思默想幫裡的應對之策，妳和我便匿伏在茄苳樹下的機關裡，而左常生假裝拿飛鴿傳書稟報，三人一齊動手，殺了『幫主』，由於幫主武功高強，所以左常生也死了……」

宋明珠問：「那……那高四姊又為何要弒幫主？」高似蘭是原存「五鳳凰」的老四，「血鳳凰」莫艷霞是大姊，「金鳳凰」冷笑卿是老二，「火鳳凰」水柔心是排行第三，「紫鳳凰」高似蘭居第四，「紅鳳凰」宋明珠則是老么。

高似蘭淡淡地道：「因為我將梁斗等人被擒之處告訴了蕭秋水，才致蕭秋水得上華山，使得上官、費二族互拼殆亡，蕭秋水的勢力因而坐大……我因怕幫主見罪，所以橫加殺手。」

宋明珠倒抽了一口涼氣，道：「那……左人魔又因何殺『幫主』？」

高似蘭淡然道：「他真的是想殺幫主，所以也只好死了。」

宋明珠睜大了圓眼，訝然道：「他……」

高似蘭道：「他是朱大天王派來臥底的人，也臥了這許多年了。」

李沉舟道：「所以他殺了『我』之後，只好死。」

宋明珠終於瞭解了這件事的來龍去脈。但她還是有一事要問：「我們殺了『幫主』，天下之大，哪還有路可走？」

李沉舟笑道：「你們跟著我，天下又怎會有絕路可走？」

宋明珠喜上眉梢，芳心喜悅地道：「我們……我們可以跟著幫主。」

李沉舟道：「嗯。一起做一些替『權力幫』剔濁揚清的事。」

高似蘭忽道：「只不過這樣之後，幫主您就不得露面了。」

李沉舟道：「我當然不露面。我自小心裡就想，死了之後再復活，一切都是不是一樣？我在江湖上，做下了那麼多的事，有善的，有惡的，有人當我是恩公，有人叫我為奸賊，總之，就算是罪魁禍首，但也舉足輕重……我一直有個異想，想知道我死後，武林中對我是怎樣的評價？我死後，江湖會不會在風波詭譎中將我迅速忘懷，到了不久之後，便連新的一代也不知道我李沉舟了？……只有我死，才能看出真心，今日要妳倆來替我了這心願，只要能順利找出元兇，日後定有重賞。」

高似蘭和宋明珠斂衽拜道：「能為幫主效命，殊幸欣悅，怎能接受獎賞……」

這樣說著，李沉舟心裡卻在悠然想到另一件事：師容，他心裡狂喊，也唯有這樣，才能試出妳的真心了……要是妳負了心，我就算抓拿到暗殺者，逮住了元兇，也難再世為人，而要永淪為鬼了……

他這般想著時，一人正從林外小心翼翼走了進來。這人長袍闊袖，但在他身上穿來，一點都不從容的樣子。高似蘭輕聲歎道：

「左一洞在武林中出名的奸似鬼，今日卻要平白做了冤鬼。」

左常生一見李沉舟，慌忙作揖，李沉舟劈頭第一句就問他：

「朱大天王好。」

左常生臉色，登時大變。他還未來得及回話，李沉舟自懷中掏出一隻信鴿，遞了過去，左常生錯愕下雙手接過，然後宋明珠和高似蘭就同時出了手。

「一洞神魔」的肚子本是空的，有個大窟窿，但這下他連胸臆上也多了個窟洞。

「紅鳳凰」的臉姣心狠，「紫鳳凰」的冷艷無情，左常生這次就算有九條命，也逃不過這一擊；就算逃得過，又有什麼用呢？有李沉舟在。

可是李沉舟不在了。李沉舟的死訊傳出去的時候，全幫都震住了，有人以為是末日了，有人悲號當堂，茶飯不思，有人披白巾、戴麻孝、有淚痛哭、無淚泣血，有人兀自不肯相信。

柳五不是其中任一類。

他沒有哭，只靜守李沉舟屍身旁，足足三天，三天後，有人見到他叩了九個頭，站起來時，額上冒血。然後他向旁邊的人下達了一道命令：

「向朱大天王投降。」

在四川、湖北兩省間，長江上游之「三峽」，長七百里，爲行舟險地。三峽之首——瞿塘峽上——有一艘喫飽了風的帆船，順流而下，航過時，忽然打起了一面熾紅的血旗，然後又升起了一面小小的白旗。

在旭陽照射下金色的江水晃漾，一座山頭上，有一人舉一黑色繡金龍的旗幟，招風晃了一晃，這道旗號立即一山飄過一山，一丘遞過一丘，一直傳到瞿塘峽上。

瞿塘峽有翻山越嶺，連綿十餘里的山寨，一匹快馬，馬上的人，俯身幾乎貼在馬背上，幾乎同一直線一般，舉著一面黑繡金龍的大旗，衝入山寨中，馬蹄激起黃沙漫漫。

黃沙未落，那人已勒馬躍下平地，兩名大漢，箭矢一般迎了上去，跟那大漢交頭接耳幾句，那兩人臉上都露喜色，返身往寨內奔去。那持旗幟的大漢這才有隙裕在那大木桶中勻了一大桶水，整桶傾淋到身上去，來減低他身上狂奔過後的燠熱。

那兩名大漢急奔，奔過了幾個哨崗，到了一個用黑色木條建築如鐵鑄一般威風的寨前，便停下了，一個高瘦赤精大漢走出來，那兩名大漢俯耳過去，說了幾個字，這燒窯的赤膊漢臉上立時出現驚喜之色，雙目嘉許地看著兩人，用力在他們肩膀上一拍，返身就掠了進去。

他不知經過了多少道閘門，多少弄堂多少巷衖，忽在一處黑色窄門前止步，小心翼翼、恭恭謹謹地行近去，一個身著白衣、輕搖摺扇的文士，神色冷然的行了出來。

那燒窯工人模樣的人也湊過去，說了幾句話，那文士臉上，立時露出不敢置信的神色，那輕鬆平淡的容態，立即不見了，又追問了幾句，沈思了一下，揮手叫那漢子去，但臉上已掩抑不住狂喜之色。

他又沈吟了一陣，急將摺扇一闔，快步踱入窄門。窄門一過，原來是一寬敞至極，簡直如平原一般的大殿，大殿上什麼置設都沒有，只有遠處，一張三十餘丈長，大理石的桌子。桌子頂端，只有一張椅子。椅子後面，有一道屏風。

屏風上繪有一隻欲飛九天、翼翔爪張的金龍。

那大廳十分之寬敞，沒有門也沒戶，更沒有屋頂，陽光就直接自天空洒了進來，沒有任何東西能在這房子上面，除了日、月、星星、雲朵，偶爾的雨水和鳥飛。

那文士走進來時，步伐已禁不住爲心頭喜悅而輕快起來。由於大廳太過闊大，以致那張奇長的桌子，不會讓人覺得過長。

那文士卻知道天下英豪到此地來聚議時，都得站著，只有桌子那端唯一的那人，才有資格坐這唯一張椅子，並且只坐著聽那些站著的人報告；但這對於那些懇切稟報的人來說，已經是一件令他們夢寐以求的殊榮了。

可是那文士實在無法抑遏心裡的興奮，他每走近一步，臉上的狂喜之色就增多了一分。他急急走去，忽聽一個聲音，猶響自他自己的頭頂。這聲音，他知道，是屏風後的人說的。

「什麼事？」

那文士聽得心頭一慄，忙道：「稟告天王，有喜事相報。」

這文士正是「柔水神君」雍希羽，他是「朱大天王」手下兩員大將之一。那聲音卻冷冷地道：「你爲了一個息訊，在行走時疏忽得不得了，迄你走過來的五十二步中，至少有四十七次可以供人一擊得手之機，可謂大意至極！」

雍希羽一聽，不由自己的淌出了冷汗，惶懼不已。那聲音才問：

「是什麼事？行近相告。」

這時屏風後走出一個矍鑠老叟，身著鐵色長袍，背負雙手，走了出來，正是朱順水，雍希羽慌忙走前一步，稽首下拜。

「叩見天王。」

朱順水一揮手道：「你說。」

雍希羽即道：「李沉舟死了。」

朱順水將頭一揚，目如厲電，瞧得雍希羽猛地一震，朱順水雙目如電殛一般掠過後，半晌，才一字一句問道：「消息確實？」

雍希羽拜伏道：「翔實。」

朱順水的神色不變，但眼神裡終於出現了一絲狂喜之色。他緩緩地站立起來，雖身材不甚高大，但精悍無比。他一站起來，雍希羽即垂手退過一旁去。

朱順水站了起來，嘴裡唸唸有詞，來回踱步，雍希羽知道朱大天王遇事喜歡來回踱步沈思，更不敢驚擾。朱順水踱了一會，便走入了屏風之後。

待他再從屏風另一邊出來時，他已有了決定。他簡短地下令：

「柳五必然來降。然其實是假降。此令三十六分舵，七十二水道，假意受降，全面備戰。」

消息傳到墨家子弟那裡時，墨家子弟正隨大將劉錡與金兵於次日在順昌決戰。處處都有墨家的子弟在磨劍撫刀，刀光映得墨家人的臉上灩然寒光。

墨夜雨聽完了消息，只說了一句話：

「派十個精銳的去弔唁，若沒死，在靈柩上補一刀；如果死了，殺光他棺材旁邊的人。」

墨家大弟子墨最沒有發問。但墨夜雨髣髴已瞧出他心裡所疑：

「李沉舟若未死，則是等咱們去，咱們不能不去；李沉舟若死了，他的手下定捺不住氣，進攻咱們，咱們也非去不可。」

墨夜雨說罷，走到中天皓月下，仰頭閉目沈思。他長長的影子映在地上，銀緞的披風如一隻大白蛾，披在他身上，從背後看去，他的雙眉竟長及鬢邊，額頂泛映著的月色煞白。

墨最靜靜退了出去，沒有再說一句話。

他知道墨夜雨在臨大事時，喜獨自在天穹下佇立沈思，不容人相擾。

唐門唐君秋係蜀中唐門與俗世紅塵的總聯絡人。所有的唐門弟子，要出去闖蕩江湖之前，都得讓他審定過，或必得要通過他的考驗。

他在唐門二代子弟中排行老二，坐鎮中州，他離老家雖遠，但一直是唐門的「咽喉」，要入唐門的人，不管是武林中人，不管是官宦、貨商，都得通過他的勢力。他在唐門，可算是主理外務的首席人物，跟主理內務的老大唐堯舜，俱是門裡手執大權的人物。比起專門訓練高手與殺手的老三唐燈枝、老五唐君傷，可說是銖兩稱悉，各有千秋。

可是這次從唐門內堡派來的好手，一批又一批，如唐大、唐朋、唐柔、唐猛……都是有去無回的——甚至連「唐門三少」的唐肥，也鎩羽而歸；而這次派出來的人，更是老五唐君傷的手上第一號人物：

唐宋。

唐宋來到了他的地盤，這事連唐君秋都不敢怠慢。唐門高手，一旦執起法來，是六親不認，甚至可以大義滅親。

唐君秋知道外面出了事。幾十年來暗中訓練的唐家堡好手，已傾巢而出，各有重要任務。他的兩個重要手下：唐本本和唐土土，也垂手待命。

他把這個近年來所聽得最轟動，但也最對唐家堡有利的消息向他對面的白衣少年說了。

那少年卻不動容。

少年沈吟了半晌，輕輕呷了口茶，時已秋末，天氣微寒，他卻輕輕搖了搖摺扇，然後又哼了個小調，唐君秋一直在等，等到了後來，這少年人居然似已睡去，手裡還有一下，沒一下的輕撥著扇子。

唐君秋感受到那微末的一點點涼風——係從那扇子吹過少年的髮襟再傳來的——唐君秋感到一陣陣莫名的憤怒。

若不是，若不是他知道這人就是唐宋，他早就把對方打成馬蜂窩了——唐家內堡的人搗什麼鬼，一個比一個更驕傲了!?上次從這兒出來了一個唐朋，又傲又慢，出去還不是叫「權力幫」給殺了!?

——難道這些人真當自己老了!?

可是自己爲唐門奮鬥掙扎幾十年，什麼陣仗沒見過!?運籌帷幄，衝鋒陷陣，他哪樣未立過汗馬大功!?居然叫這些「內堂」訓練出來的小毛頭小覷了。

——可是怒歸怒，脾氣是發作不得的。

——自己這幾年來好女色，唐老太太已深深不喜，唐宋是唐老太太手邊紅人，更是得罪不得。

想起唐老太太，他就不禁機伶伶的打了一個寒噤。

唐宋這時忽然問：「你冷麼？」

唐君秋笑道：「大白天的，怎會冷。」

唐宋的眼，睜開了一絲窄縫，再問：「不冷你爲何打冷顫？」

唐君秋登時火起，但覺唐宋那睜開的一隙縫的眼內，卻如冷電一般地眄住他。唐君秋居然能按捺得下來，心忖：我畢竟是他伯父啊，闖蕩江湖也比他多，他敢怎麼樣？當下笑道：

「我發個抖兒，十七少也要查根究問麼？」

唐宋懶洋洋地道：「二伯父打顫，我不想問；不過二伯父要是因爲念起老太太就起抖兒，恐怕老太太會不喜歡……」唐宋懶懶地笑了一笑又道：

「堡裡的唐朱，就是在做夢時憤然喊『老太太』……，就被唐老鴨處死了，這事你可知道？」

唐君秋臉色變了。唐老太太就是唐門當今最掌權力的人，也是當今武林中最有權力的女人，唐老鴨就是她近身婢僕。唐君秋臉色變得快，復原得也快，他居然阿諛地笑道：

「是，是，十七少提點得是，我老不中用了，該多多學習……只不知……」他說到這裡，故意不說下去，待唐宋追問。

詎料這十來廿歲的小伙子，居然一點都不急，一句都不問，起來輕輕呷口茶，又躺挨下去，打起盹來，唐君秋暗罵了一句：見鬼了！只好逕自說下去：

「對於李沉舟的死，不知十七少有什麼打算嘸？」

唐宋閉著的眼球略爲轉了一轉，有氣無力的問：「你呢？你有什麼看法？」

看法？這小子自己沒主見，要探聽我的寶貴經驗！好，看我的……「李沉舟死，柳隨風不能服眾，武功又不如人，正是一舉摧之的好時候。」

「不。」唐宋這時緩緩地，但完全地把眼睛睜開，他凝重地用手，將杯子端到唇邊，吸了一口，茶含在嘴裡，似在細細品嘗，好一會才徐徐吞下，道：

「這消息不似權力幫的真正訊息。上次我叫你殺的權力幫臥底『不回刀』，殺了沒有？」

在旁的唐本本立即答：「殺了。」他說的時候垂在兩旁的兩隻手爪子緊了緊，他練了三十年的「鷹爪功」，隨時可以飛身掐死敵人，比暗器還有效，杜林就是死在他的一雙「鷹爪手」下。他向來對他自己的實力都覺得自滿。

唐宋低叱了一句：「我沒問你！」

唐本本低頭道：「是。」

唐君秋忙道：「是唐本本將他殺了。」

唐宋道：「你可知道他殺得奇差無比麼？要不是他躍出窗口時著了我一記，右腿內側中了我一枚木棉針，恐怕早給他逃了。」

唐本本聽得全身抖了起來，原來他殺杜林的時候，已細察過周遭沒有人，卻讓「不回刀」杜林警覺，躍出潛逃，卻在窗口稍稍一頓，自己才能一擊得手。事後才發現，杜林的「氣海穴」有一枚細針，卻不知是誰神出鬼沒般下手——原來竟是十七少！

唐土土見自己的拜把弟兄臉如死灰，身子發顫，不明所以，也不安起來；唐君秋帶這兩人已久，一見此情形，心裡已瞭然了八九分，當下調解道：

「阿本在唐家堡，曾打下龍蟠虎踞的『石頭城』，早歲曾在清涼山掃葉樓救過十七少的尊翁……燕子磯一帶的基業，都可以說是他打下的……」唐君秋說那麼多話，是爲了借這些功績來保住唐本本的位置。唐本本在他手下，善解人意，近年來他享用的美女，多半是由唐本本跟貪官污吏勾結，才源源不絕的供應上來。另一個唐土土，可蠢笨得多了，連一句奉承的話兒也不會說。

唐宋聽了，「哦」了一聲，向唐本本微笑道：「這些年來，辛苦您了。你在唐門『外圍』，當什麼職位？」唐宋如此柔聲問。

唐本本受寵若驚，答道：「是二大爺的輔左護法……」

唐宋笑道：「很好，現封你爲正司馬……」唐本本大喜不過，正待致謝，唐宋又道：

「追封謚號『本贊公』……」

他說完這句話，唐君秋的臉色就變了。唐本本臉色卻沒變。他已死了。他的屍首正緩緩的倒下去。在他一旁的唐土土，整個人都楞住了，臉色如土。

唐宋卻笑道：「你很好，既不貪花，也不好色，更不阿諛奉承，老太太很瞧得起你……他的位置，由你一併代了。」

唐君秋額角隱然冒汗。唐宋又呷了一口茶，在飲茶的時候，眼睛瞇得細細的，不知是觀察人，還是在細細品賞茶的滋味。

唐宋卻笑道：「權力幫那樁子事，絕不如此簡單，他既要我們知道：李沉舟死了。咱們來個相應不理，以不變應萬變……何況，」他笑了笑，悠哉遊哉地道：「據說『權力幫』中已有了我們唐家最厲害的人，主掌了一切……」

唐君秋忙應：「是。」微抬眼望去，只見唐宋又在輕搖摺扇茗茶，唐君秋驀然發覺，這少年人在飲茶、搖扇時，眼睛瞇成一條線，顯然正在沈吟思慮，也不知怎地，他只覺一股寒意，自腳跟底直冒上了心頭。

唐家百數十年前也有一個陰毒、年輕而厲害的人物，叫做唐玉。他的故事已有武俠前輩精彩記傳，令人讀後猶有餘悸。昔年「唐家堡」與「大風堂」一戰，死的有不少人，但唐家堡的實力依然屹立不倒。

這百幾十年後，唐門三大年輕高手，除了唐肥重傷，不知去向外，唐宋和唐絕，都是令人聞名色變的人。唐宋冷、毒，而且六親不認，外貌卻溫文儒雅。唐絕最絕，絕得連「唐門」也沒幾個知道他怎麼絕法。

慕容世情到了晚年，中年喪妻之後，最疼惜的是他的一對子女。

他的兒子慕容若容，風流俊雅，才藻澎湧，悟性奇高，而且對彈詞說書唱戲，俱有心得。他天生頎俊，而且嗓子又好，不但隱然有乃父之風，更在劇藝舞技上，已有小成。

如果一定要找弱點，慕容若容只有一個弱點：心高氣傲！

「暗殺李沉舟」，這個意念，乃出自慕容若容本人，慕容世情並不知道。如果慕容世情知道了，定不會讓他去；他十分愛惜這個聰明伶俐的兒子，更不願把潛伏於「權力幫」數十載的「伏兵」輕易犧牲掉。

——李沉舟豈是如此輕易暗算得了的！

可是促使慕容若容去暗算他，慕容世家與權力幫之結仇，卻來自慕容英之被殺；而慕容英之所以被殺，乃起自於權力幫與蕭秋水在烏江之役，權力幫以為誤會有慕容世家的人與役。一大世家與一大門派，本已形成對立日顯，何況還有這等肇禍惡因！這導致了後來的慕容英雄為南宮世家的「鴻門陣」所殺，南宮世家之行動正是權力幫所指使的。慕容若容年少氣盛，想闖出一番事業，於是隻身赴權力幫，狙殺李沉舟，屢次突圍不成，反被柳隨風所殺。慕容若容再也沒有活著回到姑蘇去。

慕容世情是先聽悉兒子被殺的消息，過後三日，才傳來李沉舟死亡的訊息。

慕容世情當時在酒宴上聽得獨子喪命的消息。他的兩粒眼淚，滴在琥珀色酒杯裡，瞬即歡酒喧鬧如故，十分暢愉，一點也沒有哀傷之情。次日他到寒山寺去拜會一位老僧聽禪，聯袂到虎丘靈岩寺，遨遊了一日，到了第三日，偕一群碩學名儒，武林泰斗，大宴於蘇州滄浪寺，宴至半筵，悉聞李沉舟斃命的消息。

慕容世情拍案大哭三聲，悲聲吭歌曰：「昭昭素明月，輝光燭我床。憂人不能寐，耿耿夜何長！微風吹閨闥，羅帷自弧揚。攬衣曳長帶，屣履下高堂，東西安所之？徘徊以徬惶。養鳥向南飛，翩翩獨翺翔。悲聲命儔匹，哀鳴傷我腸，感物懷所思，沾涕忽霑裳。佇立吐高吟，舒憤訴穹蒼。」他一面吟哦悲唱，走到中庭，拭淚道：

「嗚呼！沉舟既死，世情何復生？逝我李沉舟，天下難尋敵手！你們明天就隨我去金陵拜祭他。」從此日起，不酒不宴。全身縞素，絕少言笑。

慕容小意是慕容世情唯一的愛女。她早已收拾好行囊，抓好了人選，只待她父親一聲令下，即可出發。她年初及笄，嬌癡無邪，清美絕倫，琴棋詩書畫，無一不精，她更精於的是，觀察辨識她父親的一喜一怒，所思所念，所以她一早洞悉其父必有

「赴金陵」的決定，她在三天前遊園、設宴、作樂、行酒的大熱鬧中，已暗中籌劃好一切。

「赴金陵」不僅是一次弔喪，而是一次「行動」——慕容世家對「權力幫」的一次總行動。

稿於一九八〇年六月廿六日
台北永和「人間世」出版後一日，試劍山莊／林雲閣自軍中回山莊急援
三校於九三年七月廿六日
方來港後首次十位以上理事聚議；康對水晶首次產生感應強烈；慶均來FAX優厚條件約二妹出書
修訂於一九九八年一月九日至十二日
溫何梁帶方買賀年卡，竹家莊聚餐，買水晶及大型紅方解／替能剪髮大

搏鬥／添置大型健身器／大換VCD機／質琁「今之俠者」、「七殺」、「血河車」何時方面世／方試傳真機／大買水晶／007睇到傻／特別赴白蓮洞購貓眼石／蜘蛛送契仔／何生日唯余獨赴，有人情味

溫瑞安

第二折　寂寞

子 莫愁湖畔

隨著劉錡的節節勝利，岳飛也大敗兀朮於郾城，而且進兵迫到汴京四十五里的朱仙鎮。岳飛在此戰以麻札長刀大破金兀朮「拐子馬」，使南侵以來，所向皆克的「鐵浮圖」，被殺得屍佈遍野，片甲不留。

岳飛在此役中威震華夷，其不許敗，只許勝之兵，從他對子岳雲的話中：「此戰必勝而復返，否則先斬汝頭！」可見一斑。他的背嵬軍部王綱，以五十騎兵出陣嘗敵，王綱奮身先入，斬金將李朵悖董而返。金兵曾以潮水般的大陣，黃塵蔽天地湧殺而至，岳飛身先士卒，躍馬出陣，開弓就射，連殺數將，岳軍士氣倍增，無不以一當百，戰無不克。

岳家軍的驍將楊再興，以單槍匹馬衝入金軍，遍尋兀朮不獲，鎗挑數百人而返。又引兵數十人，在臨穎小商河遇金人伏兵，楊再興陷入敵陣，時蕭秋水一股民兵與武林義軍三百人來救，無奈金兵數百倍之多，而楊再興深陷敵陣，橫沖直撞，如入無人之境，殺得金兵人仰馬翻，當者披靡，但金兵人馬遽增，包圍重重，楊再興單槍匹馬，殺金兵二千餘人，斬萬戶、千戶、百戶長以上百餘人，英勇戰死。蕭秋水等也奮勇作戰，但營救無從，反被包圍，一千轉戰經年、傷痕纍纍，飽歷風霜，忠肝義膽的武林豪傑，戰死的戰死，逃亡的逃亡，有受傷撤退的人，但無受傷生擒或投降的人。

蕭秋水負傷逃亡到莫愁湖時，曾捂著受傷的胸前，說過一句話：「我們的人，只有生或死，沒有偷生或怕死。」他說完這句話，鮮血已自他指縫溢出，他也「咕鼕」一聲，翻落下馬來。

蕭秋水在莫愁湖倒下來的時候，岳飛也一日內奉到十二道金牌，召令班師，這時韓世忠、張俊二路大軍，皆被撤回。岳飛本可「將在外，君命有所不受」，沿道皆有英雄高俠之士相勸諭，人民聞訊，更大失所望，扶老攜幼，滿山遍野地跟隨大軍起行，有的無告苦民竟攔住岳飛馬頭，慟哭泣說：

「我等頂香戴盆，運糧以迎王師，金人皆知。今日相公一去，我等無遺類矣。」

岳飛仰天長歎之餘，只有嗟惋泣下，向東拜曰：「臣十年之功，廢於一旦，非臣不稱職，權臣秦檜實誤陛下也！」岳飛終於紹興十年七月班師，金兀朮一月後毀約南侵。岳飛明知受秦檜所忌，用兵動眾，恢復疆宇，今日得之，明日失之，養寇殘民，無補國事，於是力請罷兵權，但其時金人分二路入侵，川陝淮西均告急，岳飛一日奉十幾次詔命，援東救西，疲於奔命，不料這些御札，一一都成爲日後秦檜居臣誣告岳飛撤兵謀叛之藉口。

時已十月，臨安府處處浮華，夜夜笙歌，稱臣納幣，乞訣於敵，只有乞和之心，焉有恢復之志？

莫愁湖前，愁更愁。

一個葛衣人癡坐在莫愁湖畔，夕陽晚霞，湖水清澈幽潔，湖面碧波蕩漾，湖上遠處，隱隱傳來採菱女子的悠悠歌聲。

有關「莫愁」的傳說，有好幾種，其中據唐書樂志云：「莫愁樂者，出於石城樂。石城有女子名莫愁，善歌謠石城樂，和中後有忘愁聲，因有此歌。」古今樂錄也說：「莫愁樂亦名蠻樂，舊舞十六人，樂八人。」這是說，莫愁是位石城善歌謠的女子。

另一種傳說，是「莫愁郢州石城人」，即樂府清商西曲莫愁樂云：「莫愁在何處？莫愁石城西，艇子打兩槳，偕送莫愁來。」「聞歡下揚州，相送楚山頭，持手抱腰看，江水斷不流。」這裡的莫愁，是楚國的石城女子莫愁。

還有一種傳說，是據梁蕭衍河中之水歌：「河中之水向東流，洛陽女兒名莫愁」；又樂府題解云：「有古歌亦云：『莫愁洛陽女』。」這裡的莫愁，是位洛陽女子。

究竟莫愁是誰？誰是莫愁？哪一個時代的莫愁，哪一地方的莫愁？爲何莫愁？何苦莫愁？這已無人探究，也不必深究，這裡碧水接天，柳曳生姿的婆娑世界，便是莫愁湖。

這時夕照殘霞，涼風徐來，映照得碧波金粼千點。遠處隨風傳來歌聲：

「莫愁在何處？莫愁在漢唐；漢唐不可挽，莫愁莫不愁。」

歌聲細微但細碎可人，越嶺嘶秋之後，又帶著些微的憂愁，盪回人間來，那葛衣人抬眼望過去，只見數艘小舟，翩翩來去，舟上水袖羅裙，輕聲曼妙。

這時官模樣兒的幾個人，喝得七八分醉，邊唱邊肆聲談笑，順著莫愁湖的湖畔小亭石徑，大搖大擺的走來，一人「喀吐」一聲，一口沫痰，吐到湖裡去。

只聽一人狎笑道：「那幾個小娘兒們不知在唱什麼情歌，咱們去拏幾個來樂樂。」走在中央的官員笑得十分淫邪：「這比起宮中金粉，滋味兒可大大不同罷……」兩人相視怪笑起來，旁邊跟的侍衛和阿諛奉承之輩，也忙不迭陪出爆笑來。

那大官鷹鼻鷲目，高出人一個頭，但眉目間十分淫邪，旁的人全是宋官，敢情是前方寸步必爭，萬里朱殷，生靈荼毒，民不聊生，後方卻主議和，對這些金國來的節使，曲意奉迎，不惜將宋國民女，供其享樂，這跟戰火燎原中的殺擄姦淫，卻又是另一般諷刺。

一個侍衛見那金人對那些採菱女子動了心，忙招手大呼道：「喂，喂，過來，過來……」那些女子聽不見，獨自唱和著，那金使打了一個酒呃，半蹲下身，向湖水便溺起來，一面淫笑道：

「你們聽，聽……」

這些湖中女子的歌聲，悠揚動聽，原來是由一名女子唱，其他女子翩翩相和，舟影輕約的錯落在波心間，衣裙嬝動，歌聲裊繞，可謂清幽已極。

那金使卻在此時，「嘩啦」一聲，吐了一地。那宋吏來相扶，結果被吐得一身污穢，宋官皺了皺眉，卻不敢迴避。這時那歌聲正唱到：

「……有所思，乃在莫愁湖。何用問遺君，雙珠瑇瑁簪，用玉紹繚之。聞君有他心，拉雜摧燒之！當風揚其灰。從今以往，勿復相思！相思與君絕。……有所思！」

那金使宋人繼續在調笑嘔吐，忽聽一人喝道：「別吵！」眾人一呆，連嘔吐也止住了，實想不出臨安府中有誰忒也膽大，竟敢喝止金朝樞密使以及「子皇帝」的高官大員的行樂？

眾人望去，只見一葛衣人，畔柳蹙眉而坐。一個侍衛操刀罵道：

「你是哪座山頭上的哪根蔥，敢在這兒大呼小叫，沒長眼睛瞧瞧，你家的……」話未說完，「啪」地一響，已被打落湖去，落至一半，忽給那人長身一手抄住，只聽那人喃喃道：「不可污了湖水。」又閃身將這侍衛捉了上來，用力掟去，呼啦的響，不知飛了幾丈遠，「噗通」一聲，也不知掉落到哪裡。

其他幾名侍衛、官員，紛紛高呼大喝，拔刀來砍，那人一手一個，瞬息間九個侍衛，全抛到不知哪裡去，落地之聲過後，便聲息全無，只剩下那金朝使者和宋朝官兒，那宋朝官員嚇得魂不附體，屎滾尿流！

葛衣人一下掟一個，俟到他們兩人時，忽道：「殺你們污了我的手。」那金使叱了一聲，踏前一步，一手扣擊下來，竟是「大力鷹爪手」！

那葛衣人伸手一刁，已化解來勢，那金使知生死關頭，爛打狂殺，拚死相搏，宋室大員卻跪地求饒不已，但無論那金使如何截擊，葛衣人只要提抬手足，即將之化解，時側耳傾聆那清甜的歌聲陶然其中。

這時忽飛來一條水色長絮，「縛」地纏在金使脖子上，節使雙手欲扯，但飛絮一緊，那金使眼珠子凸瞪，舌頭暴伸，立時窒息斃命。

那絮緞又是一捲，縛在宋官的頸子上，那宋吏大叫：「救命……」叫得一半，已自沒了聲息，只聽一個清脆優雅的聲音笑道：

「你既怕殺他們污了雙手，我便替你殺了，如何？」語音未止，柳樹下多了一個宮裝的女子，「嗖」地一聲，長緞如狸貓一般收回到了她的袖子裡去。

葛衣人些微有些倦意地笑笑，依然傾神聆聽。那宮裝雍雅女子問：「蕭兄弟，你在聽什麼？」

葛衣人恍惚地道：「妳聽，妳聽，這像不像是唐方的歌聲……」

那女子迷惑了一下，眼睛一亮，眼神裡有些微憂傷之意，又有些瞭然之色，更有些憐憫惋惜之態，婉然笑道：「我怎麼知道，我又沒耳福聽過唐姑娘的歌聲……」說著竟有些微辛酸。

這葛衣人正是蕭秋水。飛絮殺敵的正是趙師容。他們兩人與「兩廣十虎」中的李黑、胡福、施月、洪華、吳財，以及陳見鬼、大肚和尚、鐵星月、邱南顧、林公子、梁斗、孔別離、孟相逢等轉戰各地，歷劫遍辛。其中吳財不惜己身，投入金方陣營作臥底，不幸爲林公子所誤解，追殺五百里，終在敵方大本營汴京誤殺吳財，而林公子也從此聲消跡匿。

其中「大俠」梁斗偕「恨不相逢，別離良劍」、「天涯分手，相見寶刀」孟相逢、孔別離二人，分別納入張憲、王貴二部。張憲、王貴被秦檜以謀叛罪名所捕，飽受酷刑，張憲至死不屈，王貴則被迫僞證，此後則不聞孟相逢、孔別離二人之音訊。至於梁斗，有人傳他原本是世胄公卿後嫡，但因抗金而被解除兵權，跟隨因力保岳飛而被奸相視爲眼中釘、肉中刺的韓世忠，杜門謝客，絕口不談兵事；兩人常常騎驢攜酒，遊西湖以遣永日。

這時慕容恭已戰死。「鐵釘」李黑、「金刀」胡福、「雜鶴」施月、「鐵頭」洪華、「閻王伸手」陳見鬼、大肚和尚、「屁王」鐵星月、「鐵嘴」邱南顧等，依然跟隨蕭秋水，並因蕭秋水授予「少林」、「武當」、「權力幫」、「朱大天王」各種武功，武功大有精進。此際蕭秋水的武功，非昔可比，當陽擂台之役中，他得三顆「無極先舟」之助，以及「八大高手」悉盡相授，武功已隱然可穩勝柳隨風手下之「雙翅．一殺．三鳳凰」，而今加上「少武真經」及「三才劍客」點撥指導領悟了「忘情天書」之要訣，武功還在少林天正、武當太禪等人之上。

這時莫愁湖畔的趙師容，跟隨蕭秋水征戰多年來，也不知怎的，她一生中，也不知歷過多少陣仗，經過多少事理，世間男子，也交往過不可勝數。但她跟蕭秋水東征西伐，初是奉李沉舟之命，一方面是對義軍的同情，但一路打下去，在感情義氣上竟不能自拔，並深深地陷了進去……

昔年她跟李沉舟在一起時，也有一段波折。她本來聰明、伶俐、雍容、貌美不可方物，而且對音樂、舞蹈，都極有天份，出身在王侯世家，可謂無憂無慮。只是她在那年夏天，忽生異想，覺得在家裡做針線，等待高官獨子的那頭婚事的喜日近……是一件無聊的事，於是她決定出來江湖上跑跑。

——卻沒料會遇到了李沉舟。

她遇上李沉舟，也是千人萬人中，只要一見過，便永生不忘記。她捨棄了家庭的榮華富貴，和那未婚夫婿的癡心等待，跟李沉舟一齊闖蕩江湖起來。

她適應很快，而且記性好、悟性高，李沉舟的兄弟們既敬她、又愛她；既怕她，又聽她話。李沉舟的事業更是一帆風順；但其中也有無盡的江湖譎詭風波，因因果果，惡毒暗算，陰險顛覆，亦有壯志難伸、徬徨無計的時候，但終於都一一渡過。

待「權力幫」基業穩固時，歲月磋跎，她和李沉舟，已不是年輕的愛侶了，雖是武林中所傳的一對「神仙般的情侶」，但是她知道，她的音樂、她的舞蹈、她自己的事……再不把握，就要在歲月之流裡，一一消逝了。

可是她這樣跟李沉舟在一起，卻又覺得很滿足。

除了柳五柳隨風，陶二、恭三、麥四、錢六、商七……這些人，一個一個地，不是背叛，就是戰死，先後離開了李沉舟，也遠離了人世，而他的部下，不管是「雙翅・一殺・五鳳凰」，還是「九天十地・十九人魔」，抑或是「十九神魔」的分舵弟子，都一一逝去……只有她還在，她在他身邊，她一直都在他身邊，未曾背棄過他，她也嘗如此思忖過：總得讓李沉舟有一日，會因為她或許的不在，感到震訝，感到不可能，感到無法忍受這打擊……

她當然不會這麼做。可是她會這麼想。這麼想會使她覺得自己在李沉舟身邊感覺到重要，這重要比她在權力幫的地位還重要。

所以她在權力幫裡，過問了很多事……幫裡的賞罰是不是嚴如斧鉞？幫裡會不會因日益壯大，而兵驕館紈？幫中子弟作風，會不會因文恬武嬉，而被武林中人視爲嚆矢？……這在在都是趙師容逐而漸之關心起來的。於是武林中的人都知道，李沉舟身邊有兩個了不起，惹不得的人物……便是趙師容和柳隨風。

然而她自己的歲月，也過去了，而她自己要完成的喜歡事兒，也過去了……直至她遇到了蕭秋水之後。

蕭秋水只是一個在莫愁湖畔養傷而懷念著唐方的人。可是她跟他，殺金兵，爲了不讓金兵火燒一座村莊，自己一干人，戰得遍身浴血。李沉舟一生殺人，身上從不沾血。蕭秋水卻常慷慨赴義，浴血苦戰。李沉舟沈著從容，超然應世，然而蕭秋水時大悲大喜。可是她總覺得，自己和李沉舟，是天上那一群本來道骨仙風但耐不住要下凡來見這麼一個有血有肉的人。

她這些年來跟兄弟披甲持戰，又與這一干人生了深深的感情。連她自己也感覺到詫異，怎麼如此快就適應，如此快就忘記……她甚至恨自己這樣。蕭秋水懷念唐方，就是念茲在茲，無日或忘；而自己和李沉舟，彷彿高情忘情，卻不知是不是終究無情。

跟隨蕭秋水一起作戰，那是宏勳偉烈，壯懷激烈是活著、流著血、大聲說話，手舞足蹈著的感覺。趙師容曾想：唐方見到蕭秋水跟自己在一起，東征西伐，不知會不會感覺到生氣？如果有，唐方太不了解蕭秋水了。誰都知道，只有唐方，才能令蕭秋水真正快樂起來。而她自己呢？難道只是協助了一個男人基業鞏固了之後，又去協助另一個男孩子茁壯起來的女子而已？

——她自己對李沉舟，會不會也是這樣？

——然而為什麼要想起這些，想起自己，想起李沉舟、蕭秋水、唐方，這想想也是自尋煩惱而已。

這時歌聲依舊悠悠傳來，蕭秋水因全心全意在想念中，也沒注意到趙師容情感上的變化。他這時心裡翻翻滾滾盡是一句話：

——我要到蜀中去，我要到蜀中唐門去找唐方。

蕭秋水也許因為風起，也許因為柳拂，也許因為那熟稔的歌聲……於是生起了要找唐方之念，他站起來，踱來，又踱去，趙師容知道他在想東西。

趙師容一雙黑漆如點的眼珠，隨蕭秋水來回走動，只見他一時喜上眉梢，一時愁掩眉宇，趙師容輕輕問了一句：

「你要到蜀中去？」

蕭秋水陡地站住，搔搔腦袋，侃笑道：「妳怎麼知道？」

趙師容以手支臨於樹旁，道：「你一忽兒喜，一忽兒愁，如是想家國大事，則無可喜，如念個人前程，你向不憂……不是想唐姑娘，還有想誰！」

蕭秋水莞薾道：「是。我想到川中去。」趙師容等著他說下去，蕭秋水果然期期艾艾地接下去：

「……可是不知道……她肯不肯見我……唐門的規矩又那麼嚴……」

趙師容笑道：「傻子，管他規矩嚴不嚴，唐姑娘是俠女，要真的心意相屬，一定會跟你出來……要去快去，她一定在等你……去遲了恐怕就誤了好姑娘了。」她說到「她一定在等你」一句話時，也不知怎的，心裡一陣辛酸。

蕭秋水想了一會，臉上更現堅毅之色，忽又問道：「妳呢？趙姊姊，要不要回去一趟見李幫主？」

趙師容心頭一酸，心忖：他自己呢？他自己也不來見我！卻笑道：「他事情忙。我們倆各自為政，互不絆繫，倒也慣了。」

蕭秋水拍拍褲上所沾的塵泥，道：「我這就去了。」趙師容心頭一震，道：「你這就去了？」

蕭秋水眼睛發著亮光，道：「好姊姊，謝謝妳告訴我這些。我這就立刻出發！」趙師容雙眼垂凝著地面，道：「你聽了就去了？」

蕭秋水堅毅地道：「是。」趙師容道：「一刻也不延遲……？」蕭秋水詫異問：「爲什麼要延遲？」趙師容微遲疑了一下，忽然抬起頭來，長吸一口氣，妙目流波，笑晏晏地道：

「至少要待到今晚，我來設一趟酒，你和鐵星月、大肚等兄弟，也正好敘別敘別。」

蕭秋水微一尋思，即出現那一股出生入死的兄弟容態，心裡也捨不得，道：「這樣也好，只是偏勞姊姊了……」

「偏勞，謝謝……」趙師容淡淡一笑，此刻她所想的是三年前，長板坡擂台下之役，朱順水要殺蕭秋水，自己以殺氣凌及朱順水背後，使朱順水不敢出手，蕭秋水事後也只作一聲謝謝……三年來的征戰，難道儘是這些客氣話麼？

蕭秋水似猶未覺。那柔和輕曼的歌聲，如湖水盈灩波光，愈散愈遠去。

丑　三把劍的人

無星有月。
楊柳岸。

請柬

何人：屁王、鐵口、鐵頭、鐵釘、雜鶴、好人、大肚、見鬼。
何時：今晚。
何地：湖畔。
何所為：送大哥。

金陵趙師容敬邀

（不來的是烏龜王八蛋）

其實就算趙師容不加上最後那一句，有菜喫、有酒飲、有蕭秋水的地方，這干人也準到，何況加了後來那一句……

還有的菜，還未上來，在桌子邊坐著的人，早已不知吞了幾口唾液。

「三絲」的三種肉香，撲鼻攻來，加上香螺、羊舌的鮮味珍味，更令人垂涎三尺，對於「廣東三虎」而言，最爲引他們的還是那盅「蛇羹」，卻仍是只有乾瞪眼，流饞涎的份兒，因爲「鐵釘」李黑和陳見鬼二人，始終未見出現，眾人實在餓得緊，月明風清，湖水泱泱，也無心觀賞，鐵星月「咕嚕」一聲，又吞了口水，心裡嘀咕道：

「你奶奶的，死黑佬和陳見鬼，難道私奔去了不成？」

邱南顧更餓得端的是非同小可，眼見已待了大半時辰，菜都冷了，然而李黑和陳見鬼仍是不來，當下用鼻子長長吸一口氣，誰知道趙師容煮出來的菜肴是吸氣不得的，這用力一吸，更加餓了，「吧嗒」一聲，口水淌到了桌上，施月皺了皺眉，啐道：

「你真該圍個肚兜再來！」

邱南顧實在餓到不得了，「崩」地一拍桌子，叱道：「明明肚餓，還裝個飽魘樣，我幹不來！不管了，喫了再說。」

眾人都抓起筷子，正要動筷，望向蕭秋水，蕭秋水微笑搖了搖頭，望向西斜的月兔，臉有憂色，眾人都素來遵從這大哥一舉一動，只好快快放下了筷子；蕭秋水低聲蹙眉道：

「奇哉怪也。李黑和陳見鬼怎還不來？陳見鬼有熱鬧可趁，焉有不來之理？李黑向來言而有信，好玩喜鬧，更少不了他……」

談到這裡，又重覆了一句：「他們斷不可能不來的。」

這時趙師容端菜出來，熱騰騰的餚香，逗得大家饞涎大起，大肚和尙用鼻子深深索了索，跳起來道：「是龍虱蒸禾蟲，好喫好喫。」

趙師容笑道：「還有『龍鳳燉盅』哩，都是你們嶺南人最鍾意喫……」說到這裡，瞥見蕭秋水微憂的臉色，再睨見座上兩個空位，心裡已知八分，道：「怎麼，黑豆和見鬼還未至麼……？」

這句話一問出來，忽傳來一聲大喝，數聲兵刃交擊之聲，只見一人白衣如雪，惟袖至肘止，裙至膝止，宛若被人齊平削去一般，十分陡然，這人威頎如斯，每出一劍，必喊一聲，手中劍時暗時亮，暗時呈朱色，亮時如血鮮紅。

這人一口古劍，力戰二人，正是李黑和陳見鬼，旁有一人，著熟羅長袍，臉無表情地垂手在旁觀戰。

鐵星月一見這情景，端是急然大怒，叱道：「賊廝鳥，原來是你這大猩猩害得大爺我沒飯喫，大爺我——」上前就要湊一份腳兒，趙師容輕輕一飄，飄至鐵星月身前攔住，低聲道：

「瞧定了再說。」

只聽嘩啦一聲，那高大的人血劍一展，陳見鬼空手接下對方一擊，對手竟以劍身發出「劈空掌」力，陳見鬼收勢不住，蹬蹬蹬，又蹬蹬蹬地退了六步，還是穩不住腳，不由自主地再退了一步，「砰」地背後撞在一棵梨樹幹上，「喀唰唰」生梨子震掉得如雨驟落。便在這時，李黑滴溜溜地一轉，已閃至那人背後，一出手，就抓向那人背後「神道穴」。

那人大吼一聲，返過身來，銀色月光下一朝相，趙師容等心裡都突地一跳，那人高壯如牛，但卻是鬚髮皆白的老人，那老人一回身，李黑的手抓到了他胸口，一揪不動，那人即一劍劈斬了下來。

施月瞧瞧清楚，不禁發出一聲驚呼，豈知劍斬到一半，老人陡然停住，瞪住李黑，搖搖頭，又再搖搖頭，咕嚕道：「不成。」又搖首道：「不成，你沒兵器，勝你不算英雄。」忽自後抄了一把長劍，掟向李黑，喝道：「這劍跟你黑白相配，你擊來鬥鬥吧！」

李黑接在手裡，「刷」地拔出長劍，這劍比什麼劍都長了一倍，足有七尺餘長，劍身清亮，卻刻有幾個字，李黑睜大豆眼咕溜溜地一轉，頓時呆了一呆，道：

「白豬王子劍？」

趙師容和蕭秋水互覷一眼，原來「白豬王子劍」係昔年鑄劍名家白朱子的成名寶劍。白朱子雖是劍匠，但劍法自成一家，武功甚高，自稱劍術無雙，戛戛獨絕，爲人滑稽突梯，又喜著白衣長袍，自以爲儀容高雅，講究排場，所以人多稱之爲「白豬王子」，他的成名寶劍自然就連帶地被稱爲「白豬王子劍」了。

這白朱大師後來遇到了另一個也是喜穿白衫的劍客，外號「千手劍猿」的青城劍派掌門藺俊龍。藺俊龍也是一般年紀，但武功偏走輕靈慓捷一路。他的年紀雖大，但出起手來，十個年輕小夥子加起來也比不上他老人家一人疾厲。「武林三大劍派」即浣花劍派、鐵衣劍派、滄浪劍派中浣花劍派蕭家，其時已爲權力幫及朱大天王所滅，鐵衣劍派掌門人應欺天爲武當太禪真人所殺，滄浪劍派則是權力幫的傀儡。

其他著名的劍派，有「十字劍派」、「華山劍派」、「南海劍派」、「終南劍派」、「天山劍派」等，「十字劍派」孫天庭已爲朱大天王所弒，「華山劍派」冉豆子也死於南宮無傷刀下。「南海劍派」投入權力幫後，鄧玉平即爲「人王」，敗死於鴻門，「天山劍派」於山人及妻小葉，一退隱江湖，一爲蕭秋水所殺，「終南劍派」幾近沒落。劍派既沒，只剩下成名的劍手。

「廣西三山」的顧君山、杜月山、屈寒山，二身歿；「七大名劍」當中：蕭西樓、辛虎丘、曲劍池、鄧玉平、孔揚秦、康出漁皆先後逝世，剩下的只有孟相逢一人。至於「七大名劍」之前的「神州三劍」：「四指快劍」齊公子、「陰陽神劍」張臨意，「掌上名劍」蕭東廣都已亡故，「七大名劍」之後的「刀劍不分」林公子、「天狼劍」蕭易人、「黑白雙劍」蕭開雁，後二者皆已死去，林公子也消聲匿跡於武林逾載。

這一來，只剩下了「滄浪劍派」、「華山劍派」駸駸然有分庭抗禮之勢，只是這些年來武林歷劫，能碩果僅存的聲威實力都大不如前。「華山」、「終南」、「滄浪」三劍派的名望，委實遠不如當年之「三大劍派」。

這藺俊龍可以說是歷經江湖辛酸，但依舊風頭健、意氣豪的一名老劍客。他原藝出青城，但劍法多自創一格。——難道這白衣人就是他？

李黑接過長劍，與老者的血劍鬥了幾招，只見一紅一白，如兩道飛龍矢走，煞是好看。李黑打了一會，罵道：「論劍法，我打不過你，不公平，不公道。」

藺俊龍一面打一面道：「什麼不公平！我可是將劍給你了哇！」他雖說著話，手底下忒一點也不含糊，宛若千劍萬劍，刺向李黑。

李黑身手極其靈活，但被這手腳捷便如猴的老頭子一連攻了下來，竟已一口大氣都喘不過來，但他刁鑽古怪，假裝要說話，「千手劍猿」便手下一慢，想待他說出話來再攻，不料李黑伸腳一勾，把藺俊龍絆得一個踉蹌，險些摔了一個大跤，李黑笑嘻嘻地道：

「我又沒練劍，你給我劍又有何用？」

藺俊龍氣得哇哇大叫，挺劍要追斬李黑，李黑武功本不如藺俊龍，唯兩年來跟蕭秋水學得了不少本事，藺俊龍一時確也奈何不了他，二人追追打打，陳見鬼在一旁揚聲叫道：

「喂，老頭子，把你那『血濺秦淮劍』也給我罷，我要跟你比比劍法！」

藺俊龍眼睛都亮了：「好哇！你會使劍，給了你又何妨，我就用『中州遺恨劍』跟你鬥鬥！」

趙師容等聽得此語，更確信這威風凜凜的老頭子確是「千手劍猿」無疑。原來，「千手劍猿」藺俊龍一人三劍，稱著江湖，第一柄劍就是屬爲鑄劍名匠白朱子的「白豬王子劍」；第二柄劍喚做「血濺秦淮劍」。

原來終南劍派一脈之沒落，乃是這「千手劍猿」一手造成的。「終南劍派」老掌門人及門下五大高手爲虎作倀，投效貪官權臣，藺俊龍看不過去，便指名挑戰，秦淮一役中，以一敵五，竟血染秦淮河，江湖上從此沒了「終南劍派」四個字。

而當時他仗著手中一柄隱透血紅色的卓絕長劍，連挑下終南劍派五大高手，此後他頗爲得意，故稱此劍爲「血濺秦淮劍」。

第三柄劍，他正持在手上，此劍劍身方正，並發出一種淡淡的黃芒。這劍看來平凡無奇，但卻是藺俊龍本身最珍視的一柄劍。原來這把劍，是他少年時參加過一個幫會，幫會中的老大對他恩厚義重，特別惠贈的，只是後來他潛心修練劍法，致使疏遠了幫會中的老大及會中的結義兄弟姊妹。待他再回來時，幫會已煙消雲散，面目全非，昔日兄弟，死傷散亡，無復存矣。

他心裡憾恨，故將他這一柄劍稱爲：「中州遺恨劍」。

他生平最喜與人鬥劍，本與李黑格鬥，見他身法靈敏，與自己實不遑多讓，心中竊喜，可惜李黑不諳劍法，如此鬥將下去，終究沒趣，而今聽陳見鬼指名與他挑戰，喜忙不迭，見他手中無劍，便把「血濺秦淮劍」交予他，便要好好的決勝鬥劍。

陳見鬼接過長劍，冷笑一聲，一劍刺來，這一劍凌厲非常，破空生風，藺俊龍不敢大意，接過一劍，心中卻好生失望，知道陳見鬼的劍風雖然霸道，但卻不是正宗劍法，而是將拳功運於劍風之中充數。

陳見鬼跟他拆了十七八招，戰之不勝，而所學劍招無多，很快便黔驢技窮，弄得個灰頭土臉，情知若換作拳腳之戰，藺俊龍必硬是要鬥劍，忽心生一計，停劍叫道：「老猴子，論劍怯，我打不過你，今日你算是合當遭劫，蕭大哥不算，這裡還有一位一流劍客，在等著把你打得顏面掃地！」

陳見鬼說打就打，要停遽停，藺俊龍鬥得性起，險些收勢不住，正想破口大罵，但聽陳見鬼如此說，便喜道：「在哪裡？」

陳見鬼哼道：「算了罷，這人名頭響了半邊天，他今日手上無劍，否則必會把你治上一治，你還是不要見他的好！」

藺俊龍聽得怒火中燒，又大爲好奇，罵道：「胡說八道！他在哪裡？我不跟他鬥鬥，誓不姓藺！」

陳見鬼斜眄著他道：「你真的膽敢麼？」

藺俊龍把胸一挺，虎虎有威，向著眾人喝道：「有何不敢！」

「好！」陳見鬼伸手一指，道：

「就是他！」

他指的是大肚和尚。

這不但令大夥兒都怔住，連大肚和尚都不敢相信，陳見鬼指的居然是他。

他不禁指了指自己大蒜頭鼻，又遙指指陳見鬼手上的劍，目中都是迷惑。

陳見鬼卻用力而又肯定地點了點頭。

大肚和尚差點就要罵出一句：「見鬼！」自出娘胎到現在，他一生除了伸手奪取敵人手上的劍外，卻是從來也沒碰過劍。

（自己幾時卻成爲陳見鬼口中那：「一流的使劍高手」——怎麼連我自己也不知道！）

大肚和尚見藺俊龍一副掘著了寶似的模樣，向自己走來，心雖不禁發急，將掌橫貼於胸前，叱道：「死不見鬼，我哪會……」

陳見鬼接道：「他哪會拳腳功夫，當然不是您老的對手了。」

藺俊龍見那光頭凸肚的和尚，一提架勢，又是掌法，不禁皺起眉心，卻聽陳見鬼如此說，他心中直樂了出來，將手中劍往大肚和尚處一拋，道：「劍我這裡有，你接著了！」

大肚和尚滿頭霧水，只好接過，只聽陳見鬼笑道：「喂，老馬騮，其實我的劍法也不錯，你先比下了我，再來鬥鬥和尚！」

藺俊龍大笑道：「要以劍法擊敗你這廝鳥又有何難！」

陳見鬼一副有恃無恐地道：「不難就請進招罷。」

藺俊龍喝道：「瞧著了！」伸手往後一摸，不禁一楞，原來他三柄劍，都不見了，回心一想，再一個一個的瞧過去，才知道自己三把劍：「血濺秦淮劍」落在陳見鬼手上，「白豬王子劍」執在李黑手裡，「中州遺恨劍」也握在大肚和尚手中，——自己變成了沒有劍。

藺俊龍此驚非同小可，正要哇哇大叫，陳見鬼突地一個跳躍了過來，把劍一揮，左手捏了個劍訣，嚷道：「你要比劍麼？好呀！來罷！」

藺俊龍氣歪了鼻子，叫道：「我沒有劍哇！」

陳見鬼笑嘻嘻地道：「沒劍麼？那空手來奪啊！」

其實藺俊龍劍法雖好，硬功夫卻不如大肚和尙，拳腳招式亦不及陳見鬼，身法靈活也難強過「鐵釘」李黑，又如何能憑一雙肉掌，將劍奪回來？當下氣得一跺足，怒道：「奪就奪，有什麼了不起！」兩掌一交，就要硬闖過去施空手入白刃之技。

忽聽一個聲音道：「阿鬼，別亂來。」

陳見鬼登時怔住，乖乖垂下了手，藺俊龍返頭，只見一個眉如遠山，眼如明月的留髭青年人，雖掩不住風霜之意，雙目卻帶欣賞之色，平視著他。

藺俊龍正待破口大罵，但見著此人，想罵的話頓時吞回了一半，問：「你是誰？」

那人道：「蕭秋水。」

藺俊龍的眼睛亮了：「你是蕭秋水？」

蕭秋水笑了：「我是蕭秋水。」他頓了頓，又道：「你就是『千手劍猿』藺前輩？」

藺俊龍見對方如此有禮，倒是一楞，李黑卻搶著道：「這老而不死本來跟我們素來河水不犯井水，今日恰有一個青衣人來求見大哥你，這老不死在一旁聽見你的名字，便嚷著要來和你比劍，我在旁聽了就不忿氣，說：你要跟我大哥比武，先得贏了我！誰知這老傢伙就是不肯比武、比內功、比拳腳、比輕功、比暗器，卻只要比劍術……嘿嘿嘿，不然的話，哼哼哼……」

蘭俊龍氣得跳了起來，就指道：「嘿嘿嘿，你這麼黑，還敢『嘿嘿嘿』，你們要賴，不敢比劍，你不敢也要你敢！」

蕭秋水輕聲叱道：「黑豆快別如此無禮。」原來蘭俊龍為人雖暴躁魯莽，但在武林中，也算是獨當一面，頗有俠名，尤其是朱大天王與權力幫兩派，對他威逼利誘，他硬是不從，可算得很有骨氣。

蘭俊龍瞧著蕭秋水，打量了一會兒，道：「唔，好，看來你還像話，像說你是天下名門各派中現存劍法最熟，劍術最好的一人，來來來，咱們來比劃比劃，勝了我也叫你『大哥』。」

陳見鬼「哈哈」叫道：「好哇，老不死，要叫大哥，可是你自己說的呀，別回頭又說我們用語言來擠兌你，誆你入彀！」

蕭秋水笑道：「蘭老前輩劍術無雙，這場不用比了，我承認前輩劍法第一便是。」

藺俊龍仰天哈哈笑道：「好極，好極。你既然知道，也省得我老人家動手……」誰知「雜鶴」施月一句「呸！」接下去說：「好不要臉，蕭大哥讓你一隻手都能打敗你！」

藺俊龍怒不可遏，道：「若他能讓我單手而不敗，我，我就……」

鐵星月又狠狠地「呸」了一聲，截道：「胡吹牛皮，亂吹法螺，害得人家餓了半天，還說風涼話，無膽匪類！」

藺俊龍一聽，實爲之氣結，道：「好，好，好，如果我輸了，我就和這三把劍，一生追隨你們，水裡水裡去，火裡火裡去！」

眾人一聽，盡是嘩然。蕭秋水心中不忍，笑道：「這樣好了，若藺老前輩與我交手，我當以劍法討教，不過既不用手，也不用腳……」

藺俊龍一聽，頓時啼笑皆非。初時他以爲對方若用拳腳，必有實力，恐非浪得虛名之輩，而今卻知他用的是劍，而且居然不動手，不抬腳，心中笑忖：難道他用口不成?當下將心一狠，道：

「好，既然如此，可是你說的，我敗在你手下，則追隨你一輩子，永無怨言。」

蕭秋水笑道：「很好。」當下抱拳唱喏，位居下首，一副請前輩出招指點的恭謹。其實他之所以托大其詞，無非是覺得自己身懷武當、少林、權力幫、朱大天王麾下八大高手的傳授，加上「無極先丹」、浣花劍派、杜月山、梁斗等之調教，又得「少武真經」之助，要勝藺俊龍，實非難事，只是如此勝之無味，自己也有心試一試修習「忘情天書」的功夫如何，趁此決意考驗自己，不動手足，迎戰藺俊龍。

藺俊龍心忖：今日不給你些厲害瞧瞧，倒叫人小覷了。這時陳見鬼、李黑、大肚和尚三人已將劍扔回給他，藺俊龍先將兩劍插回劍鞘，手中執「中州遺恨劍」，忽走前三步。

這三步跨中帶縱，驟然間與蕭秋水拉近了距離。

本來他手中劍約莫三尺，這一下與蕭秋水也恰好三尺不到，正是劍法最好發揮處。

藺俊龍畢竟是一流劍術名家，未出襲前，早已先聲奪人，一出手，就要人無可閃躲。

但就在他步已跨出，長劍在手猶未出招的剎那間，蕭秋水臉帶微笑，忽然跨出了一步。

這一來，變成了劍長人近，藺俊龍衝鋒之勢爲之一窒，爲了把穩距離，只好退了一步。

他這一退，蕭秋水又踏進了一步，與他退步同時，這一下又欺入藺俊龍的中鋒。

藺俊龍無奈，只得又退了一步，蕭秋水即刻又跟進了一步，這一退一進間，藺俊龍一劍未出，已被逼退了三大步。

藺俊龍驀又退了一步，爲的是拉開距離，蕭秋水自然也跨進一步，使得藺俊龍的長劍無法發揮，豈料藺俊龍這一退步，原來是假的。

他不退反進，走前了一大步，他身形高大，這一招等於跟蕭秋水來個臉對臉站，他迴手一劍，反刺蕭秋水背心。

這一劍招，可有名堂，叫做「回天乏術」，藺俊龍見蕭秋水尙未動手已把自己逼退三步，額上滲出汗絲。藺俊龍本對蕭秋水印象不惡，不願殺傷他，但這一下不敢再輕敵，只好全力出手，以自己身體碩大塞死蕭秋水去路，一方面欺他不能出腳出手，才出此絕招！

就在這一霎眼間，蕭秋水倏然不見了。

一陣風掠過。

楊柳飛送。

柳色青青。

蕭秋水卻已到了楊柳梢上。

那天地間無路可遁、無地可活、無處可逃的一堵一擊，卻依然如風吹過，困不住蕭秋水。

藺俊龍的劍收勢不住，刺入自己的胸膛。

劍只刺入一分，蕭秋水一揚手，一條楊柳「嗤」地破空射出，「嘯」地打在藺俊龍身上，藺俊龍只震得手腕發麻，立時消了力，那劍便止住刺不下去了。

藺俊龍呆立當堂。

趙師容在一旁笑著問：「你用的是什麼兵器？」

藺俊龍只得答：「劍。」

趙師容盈盈笑問：「你使的是什麼武功？」

藺俊龍只好答：「是劍法。」

趙師容笑嘻嘻地說：「蕭大哥以你的劍和你的劍法贏了你，而且未動一手一足……這，算不算數？」趙師容說完之後，臉色忽然有些不定了起來。

這原因殊為難說，卻只是趙師容心中的一種感覺。她為蕭秋水說這些話時，忽然只覺得有些什麼不妥，究竟不妥些什麼，卻一時說不上來。

寅　青衫客的面具

趙師容忽然面對那在一旁的身著熟羅長袍人。

那人臉無表情，神色木然，乍然看去，就像一座雕像一般。

那人著寬鬆的青絨綢布，連身材肥瘦也看不出來，眼睛也沒望向這邊來——甚至也沒望向那邊去，他對場中一切，似毫不關心，無論發生天大的事，他也沒多望一眼。

——他是誰？

藺俊龍的臉色一陣青、一陣白、一陣灰、一陣紅，忽然咆哮道：

「不算！不算！這是我一時失手……」

蕭秋水趨前一步，謙遜地道：「藺老前輩如還要賜招，晚輩在此候教。」

藺俊龍把「中州遺恨劍」往土中一插，刷地拔出「血濺秦淮劍」，只見如血影重重，一疊又一疊，壓向蕭秋水。

蕭秋水見藺俊龍不再答話，知其必出盡全力。只覺一陣風吹過，劍割微風，造成急捲的氣流割體——蕭秋水輕如落葉，已飄到藺俊龍背後。

——蕭秋水的步法正是以「風流」一訣，擊敗藺俊龍。

原來「忘情天書」中所載的技法共十五訣，即：「天意」、「地勢」、「君子」、「親思」、「師教」、「金斷」、「木頑」、「水逝」、「火延」、「土掩」、「日明」、「月映」、「風流」、「雲翳」、「我無」等十五法門，乃法順天自然，借大自然一事一物，天地人一情一態，融化入武功之中，以打擊敵人。「風流」便是其中之一。

蕭秋水以「風流」一技，藉風飄過，使藺俊龍險些反刺著了自己。

這次蕭秋水「飄」到藺俊龍身後，藺俊龍背後忽然好似多了一隻手，「白豬王子劍」不住向蕭秋水身上九大死穴、三十六道要穴、七十二門大穴刺來。

只見劍光耀眼生花，月光照在劍身上，好似太陽一般亮，另一柄劍卻愈來愈紅，紅得似烙鐵一般，——月光怎會如此燦亮眩爍？

——當「千手劍猿」藺俊龍醒悟這一點時，已經來不及了。

蕭秋水已不見了。

蕭秋水在哪裡？——藺俊龍已無暇兼顧了。他的左手血劍已不住地發了出去，無可遏抑，右手金劍也不斷地一招接一招，無法制止，就如一杖陀螺一般，在地上不住旋轉，無法停頓。

藺俊龍發覺自己已沒了對手，可是自己卻無法中斷自己的劍招，他唯有將左手血劍右手金劍不住交碰在一起，發出「乒乒叮叮」的密集響聲，汗珠如結痂一般凝在額上，真可謂「愈打愈忙，應接不暇」。

打到最後，「千手劍猿」愈戰愈快，只見紅光金光交映成一片，「咄！」一聲，紅白兩道光芒驟射，「嗤嗤」，砸插在花叢中，一柄釘在梧桐樹幹上。

暗香流動。

月靜。

無聲。

蕭秋水在月下。

月芒披在他肩上，如靜柔的披風。

——剛才便是他的「月映」法。

藺俊龍在一陣涼風吹來後，才知道他的衣襟已濕透了。

在他雙劍不禁要互搏之際，他心裡清楚得很：若蕭秋水要從旁橫加辣手，縱有十個「千手劍猿」，也只得死了——不管蕭秋水是用任何方法，都可以輕易取他性命。

在寧靜的月夜下，藺俊龍卻毛骨悚然起來，陡然想起兩個字：

「妖法!?」

——莫非是妖法!?

但天下間哪有如此「正氣的」妖法？

只聽蕭秋水謙恭地問：「老前輩還要不要試試？」

藺俊龍狂吼一聲，身形一撲而起，半空三折三展。

三柄劍分金、紅、白三道光芒，直奪蕭秋水。

他的人也隨劍芒之後，攫了過去。

拳腳雖非他在行，但也拚這一拚。

這一招是他的一劍拚命絕招：「風塵三俠」。

這三柄劍分三個方向，射向蕭秋水，蕭秋水若退，就只有一條退路。

他就在那條退路上塞死蕭秋水！

他的計劃和招式都好，但是對蕭秋水來說，卻沒有用。

蕭秋水既不退，也沒用手格。

他躍入水中。

他本不諳水性，但「水逝」一術，根本不必熟水性。

水花四濺，濺得三柄劍失了準頭，向藺俊龍回射過去。

藺俊龍本可閃躲，但水花濺漓時，也遮蒙住他的視線——他看不到！

他只看到水花又紅又金又白，成各種色調，好美。

就在這時，三柄劍已擲破水花，劈臉向藺俊龍射到。

藺俊龍外號「千手劍猿」，出手自然快捷，就在這等情形之下，也在千鈞一髮間接下了兩柄劍：

「血濺秦淮劍」和「白豬王子劍」。

但「中州遺恨劍」已來不及接了，那劍往他咽喉射來，若被刺中，「千手劍猿」便要死在自己劍下！

蕭秋水卻及時出現了。

他一口咬住劍身。

他銜住劍身的時候，劍尖離藺俊龍喉嚨已不過半寸不到。

蕭秋水尚未吐出「中州遺恨劍」，藺俊龍已一頭跪了下去，叫了一聲：

「大哥！」

那長袍青衫人依然沒有作聲，倒似場中的事，與他全然無關似的。

趙師容這才發現這人臉上戴了面具——一張極像人的面具，但沒一點生息的面具。

——說不定這面具真的是從一張沒有生氣的人臉上撕下來的。

想到這裡，連身經百戰的趙師容，也不知怎的，在微風冷月下，機伶伶地打了個冷戰。

「千手劍猿」藺俊龍從此以後，就跟定了蕭秋水，他的脾性正好與李黑、胡福、陳見鬼這等人氣味相投，正是一群活寶。

蕭秋水當然高興。可是他接下來第一句話是向那青衫人發問。敢情他和趙師容的感覺一樣，覺得這青衫人很特殊，至於有什麼特點，有什麼特別，又說不上來。

蕭秋水拱手唱喏道：「這位兄台請了。」

當然這是廢話。青衫寬袍人也沒多理，只是頷了頷首。

蕭秋水道：「兄台來訪在下，不知何事？」

這人微顫了一顫，低聲道：「我是來告訴你一件事的……」這人低聲說話，蕭秋水覺得此人甚是神祕，卻依然生有一種親切感，他心中不禁盤算著：這人究竟是誰……只是接下去青衣人所告訴的訊息，委實太過驚人，使得蕭秋水的思緒，遽然中斷，且思路頓成支離破碎，促使蕭秋水有茫茫天下，卻無所適從之感。

「我來告訴你的是，李沉舟已經死了。」

聽到這句話，蕭秋水第一個意念就是：他也不想活了。

——李沉舟都死了，他活著還有何意思？但又在這瞬間，他腦裡又閃過很多的人：有岳元帥、宗澤、韓世忠、劉錡等吒叱風雲、赤膽忠肝的大將軍……還有唐方一直到趙師容。

——想到唐方，他就覺得有一線希望，要活下去。

——想到趙師容，他就想起李沉舟之死，最悲痛的……

——趙師容？對趙師容！

——趙姊姊聽到了這消息會怎樣？

就在他轉頭去瞧趙師容的時候，他在刹那間又想起李沉舟：那至遠至大，又鬱勃難舒的眼神……

趙師容聽到了青衫人所說，她第一個反應就是：我不相信。

——這不是事實，我不相信。

她抬起頭來，蕭秋水這時正偏首望她：頃刻之間，這女子變得如此脆弱，經不起任何風殘霜襲。片刻之間這向來英氣動風雲的「趙姊姊」，竟如殘英飛絮。

趙師容抬頭的時候，竟與那面具中的眼睛對視了一眼。那眼神黑白分明，如一湖水，說是柔和，彷彿也有淬厲；那人也是心裡一震；好一雙淚盈傷情的眼……

趙師容說：「我不相信。」

青衫人道：「這消息不會有錯。」

趙師容雙眼看著青衫人，青衫人平板無生氣的臉，依然平板無生氣。但趙師容卻有一種感覺，她感覺這青衫客所說的話是真的，但她卻又不能相信。

——不會的，李沉舟不會死的。

——李沉舟怎會死！

她知道李沉舟。李沉舟是一個看似恬淡謙養的人，卻是一個生要無枉、死要無憾的人：生，他要能驚天動地，死，他要能轟轟烈烈：

——大哥怎會如此靜悄悄的，離開了江湖離開了我，而去？

趙師容堅持不信。她上齒咬著下唇，一直重覆又重覆地道：「我不相信。」她想起她初認識李沉舟的時候，她嬌生慣養的在一個大家族中，李沉舟是一個流浪的年輕人，她見到他，便放棄了其他，只等他再來。

可是他好久沒有再來了。她就一直等他，未婚夫婿來找她，她都冷然拒絕。果然有一日下午，他來了，宛似在水柳邊那千古以來等待良人的翠樓凝妝少婦人，他來了，她便越過家人、朋友以及一切一切的束縛，跟他而去……此後便是江湖流浪的歲月。

好苦，可是，好快樂。

她知道他有過很多女孩子，可是她沒感覺到嫉妒，因爲她是一個驕傲的女孩……直到有一天，她發現李沉舟已是君臨天下的時候，她忽然覺得，自己的存在，對李沉舟來說，是不是很重要？

所以她離開了他，他很溫文的送她，她知道她走後，他只剩下了一個人：在隨時都可能被吞噬在江湖詭譎風雲中。

——而今他竟死了！

——怎麼可以死呢!?

趙師容還是說：「我不相信。」她堅定的想，返回「水月軒」去，去取炒好的一碟鴨掌出來。眾人見她鎮定地走回去，沒有人發任何一聲，只見她片刻即端了一碟菜，鎮靜地走了出來。

她如此的鎮定平靜，端菜的皓指甚至沒有多抖一下，但是就在她將菜放在桌子上的剎那，那盤菜忽然粉碎。

碎片濺出來的時候，眾人才知道，趙師容用盡了一切能力來克制自己心頭的激動，因此內力貫注指端，竟失手激碎了瓷碟。

碟子一碎，和著菜肴飛噴了出去，在趙師容的內力下，這些鴨掌和瓷片俱如暗器。

趙師容是何等身手，她驀然驚覺，雙手一陣急抓，把瓷片和菜肴都抓住，但就在她抓住這些東西同時，她的身子又碰翻了桌面上的幾碟菜。

她身形展動，再抓住那幾碟菜，但又用力過厲，碗碟粉裂，桌子掀翻，趙師容知無可再救，於是忽然索性蹲在地上，再也不動。

趙師容是何等身手？

而今她只蹲在地上，背向眾人。

眾人只見她背上的瘦肩，輕輕抽動著。

眾人又僵住了片刻，蕭秋水走過去，柔聲道：「趙姊姊，我們去權力幫總壇看看，好不好？」

趙師容沒有回頭，只是用手托住臉，良久，才把手攤開，聲音出奇地鎮靜：

「他不會死的。」

蕭秋水用手拍了拍趙師容的秀肩，輕聲道：「所以趙姊姊也先不要傷心。」

趙師容將肩膀一沈，蕭秋水第一下拍中了她，第二下撫拍落了個空。這對蕭秋水心中來說，似是微微一詫，臉上一下子燒辣辣起來。在趙師容心目中，卻響起了一個誓言：

——幫主，你不會死，你若真的死了……我便不會對你不住。我也是烈性子的人。

她忽然有一種強烈的厭憎，平日蕭秋水待她，視如親姊，她只覺得蕭秋水待她過分生疏；今日初聞噩耗，蕭秋水稍沾及她一下，她也覺厭惡。

——幫主，你若死了，還有我，你的小容易兒。無論是誰殺你，我都要他比死還難過一百倍！

趙師容想著，緩緩站立了起來。在月光下，她有一種斷冰切雪一般的堅決，她說：

「我是要回去一趟。」

「慢著。」一個聲音說。

說話的人是李黑。誰都知道趙師容說了這話，是不能變更的。可是李黑是這干人中較粗中有細、精明強幹的一位。李黑接著說了下去：

「如果李幫主是死於非命，那麼能殺他的人，他所擁有的實力、智力、功力和勢力，只怕比趙姊姊再加上我們這裡的人都強。」他在這裡頓了久久的一陣子，才說：

「這樣去，不是報仇，而是送死。」

「趙姊姊；」金刀胡福是個穩重、沈實、有擔當能力的人，他也說：

「妳是我們大家的姊姊，報仇，應該讓我們跟妳去；送死，我們也跟妳一起。」

趙師容一笑，竟然跪了下來，她的語言平靜：「如果李幫主死了，諸位高情厚義，小女子這裡代夫拜謝了……」說到這裡，已淚盈眼，但依舊穩定聲調地說下去：

「先夫之死，我自然應該返去料理，諸位不是權力幫的人，無需如此效力；如我查得元兇，而自己應付不了時，必請諸位援手，如果不幸也遭毒手……諸位也由此可知，殺我夫婦的人的實力和份量了。」

施月也跪了下來，灑淚道：「那趙姊姊是要自己獨去了？」

趙師容淒然一笑道：「自當如此。」

陳見鬼顫聲問：「姊姊要獨撐權力幫？」

趙師容道：「他死了，他的遺志，我要擔當。」這一句話說得堅決無比，蕭秋水只覺眼前一黯，一朵浮雲掠來，毫無餘地的遮住了月光，蕭秋水彷彿感覺到肩上壓力一沈。他說：

「好，我們送趙姊姊一程。」

邱南顧忽然插口道：「我覺得蕭大哥應該和趙姊姊一齊去。」

陳見鬼掃了他一眼，問：「爲什麼？」

邱南顧正等著別人這一問，他好有得發揮：「我們去，武功低，沒啥幫助；大哥去，武功高，智謀好，天大事兒，也擔挑得起。」蕭秋水本已決定去找唐方，聽來不覺有些猶疑。

眾人想來，都點頭稱是。鐵星月忽道：「我覺得我也應該一道去。」

他正等著別人問他，詎料誰也不問他，只是沒耐煩地瞪住他，他只好自己期期艾艾地說下去：

「嗡嗡，我鐵星月若果不去，萬一有人來找蕭大哥、趙姊姊……這個嘛，是罵架，不是打架，沒有了我『屁王』，蕭大哥、趙大姊可怎麼辦？」

邱南顧一旁插口道：「胡說！若論罵架，非得有我『鐵口』不可，要去，我第一個該去。」

陳見鬼最喜湊熱鬧，怕沒他的份兒，嚷道：「別忙，別忙！要去大家一塊兒去！」

藺俊龍初加入這個集團，有些迷惑不解，也道：「去哪裡？我也一道去，好不好？」

那青衫人忽道：「不好。」

鐵星月怒道：「爲什麼不好？」

陳見鬼瞪過去，狠狠地道：「你有什麼資格說不好!?」

青衫客道：「大夥兒一齊去，就打草驚蛇，據悉李沉舟李幫主是遭人殺害的，殺害他的人，據說也被他當場殺死，但能弒李幫主的，箇中必非如此簡單，幕後元兇定必等趙姊回去，橫施暗襲或加以攏絡，趙姊一個人先回，就可以探出他們在搗什麼鬼。我們要去，也只能在暗中保護……但以我們之力，又焉護得了趙大姊？蕭大哥去方才有用。」

蕭秋水想了一會，道：「這位兄台所說甚是。」他見這人以面具覆臉，定是不想人認出面貌，所以也沒要求對方報明姓名：「趙姊先去，我隨後跟上，打點一切，替李幫主報此血仇。」

李黑爲人雖好玩喜反，行詭跡頑，但爲人甚是精明，考慮了一下局勢，也道：「蕭大哥這次跟去，除爲趙姊姊報夫仇外，更重要的是，武林中權力幫爲第一實力，近年雖受大挫，但這股實力不管落入何方，大哥都得多加注意，否則後患無窮。」

洪華甚少開口，一旦說話，單刀直入，道：「若落在柳五手中，此人手辣心狠，世間少有，留著恐是禍根。」

蕭秋水點點頭道：「我會依事情來辦的。」轉頭向趙師容道：「不知趙姊姊……」

趙師容心亂如麻，十指愈來愈冰，她心裡翻來覆去只是一句話狂喊不已：我不相信，你沒有死！我不相信，你不能死！怎麼他們都相信了……

她想到這些日子，她在外面，故意跟蕭秋水在一起，來相激李沉舟對她的超然和洒脫——甚至連他那淡定溫文也令她痛心神馳：彷彿少年相愛時的激情，已經煙消雲散了。

可是李沉舟居然死了……她心中猶如一塊巨冰，在鎮壓著，又有一團火，在燃燒著。就在她日子方當青春時，她看到李沉舟在其他女子的羅衣紅衫間周旋，在詩文上居然也有了其他女子的麗影倩跡，……她自己在他心目中，仍重不重要？是大人物身邊的負累，還是真心真情反而表現得平淡？

——這使得一向驕傲寵恃的她，一下子失去了自信。

她的武功，本來一直稍勝於柳五，但自那時起，她心底裡覺得柳隨風是看出這種微妙處之後，她的武功便一直未能再逾越過柳五。

她的武藝自那時始，彷彿終日與她少時所耽迷的舞藝、曲樂、繪畫爭扯不已，始終縈繫未休，也沒有一件能有長足的大進。

所以她離開了他，明知他可能會爲她而著急，而她卻要從這「可能」中尋求信念。卻未料她跟蕭秋水在一起，在等他來找她的時候……他卻死了。

她以爲她不在的時候，他可以高高興興縱情玩樂。而她驕傲的在外邊，眼不見這些事兒，便可以不管。所以在擂台之戰，朱順水的挑撥離間，根本生不了效，因爲，她還是他的妻子，決不會背棄他的……此刻她心裡一直焚燒的一塊火岩，那麼灼痛她心房的苦楚，忽然熄滅了，換來了一塊無情的冰……冰更刺痛，痛苦無已。

她感覺到她的武功，正在體內一絲絲地散去，盡管她已心亂如麻，但此事她一定要告訴蕭秋水的……蕭秋水有一種很奇怪的力量，令人信任的力量。

她說，「蕭兄弟。」她年紀比蕭秋水長，但蕭秋水稱她爲「姊」，是因爲趙師容確實有一種母性的溫柔；趙師容稱蕭秋水爲「兄弟」，乃因對他有一種可以信賴的依託。

蕭秋水應了一聲，抬頭看她，只見趙師容抹去淚痕，道：「你來一下。」

蕭秋水道：「好。」信步走了過去。

這時晚風徐來，月近西沈，兩人並肩行去，走十來步，便是稻禾良畝，風吹搖曳不已。趙師容只覺心喪若死，活著還不如稻草迎風寫意。趙師容走到一個紮著布帆迎風搖晃的稻草人前，返過身來，月光微映，她淚痕淡淡，但顯然無比堅決，驕傲：

「有一件事，我要對你講。」

蕭秋水心中也不知怎地怦地一跳，問：「什麼事？」

趙師容淡淡地道：「我現在的武功，因心中一時失去控制，以至散功走勁，真氣倒引，十成功力只剩下十之五六……此去權力幫，可說無能爲力。」

蕭秋水一震，隨即道：「趙姊姊，妳放心，我隨妳一道走。」

趙師容苦笑道：「可是對權力幫，你一向甚爲惡感……」

蕭秋水道：「權力幫的事，也是天下人的事，不能不管。」

趙師容言顏慘淡，這：「此刻我的武功，或跟這稻草人一般，不堪一擊，你要找唐方，不應把時光虛擲在幫派無謂的鬥爭中……」她自嘲地苦笑一下，又道：「天地間、可珍可惜，唯情而已。」

蕭秋水想起峨嵋金頂之上，李沉舟在千人萬人之中，只看得起他一人，這份相知，又豈是一死以能相報？蕭秋水毅然道：

「天地間還有『義』字，李幫主待我不薄，且不管他是否無恙，他的事，我總不能袖手不理。待這番事了，我到蜀中找唐姑娘，誰也阻不了！」

趙師容淡淡笑道：「卻又有誰阻你。」她笑著說，又將眼波投向那稻草人。稻草人戴笠執旗，迎著廣逸的田野，猶在晚色間傻不楞登的搖擺著。

可是那一大片稻田後的遠山，卻在微明前那麼沈鬱……

那一大片稻穗中，又孕育了多少生機？

——不是生機，是殺機！

驟然間，一片刀光，一道血影，左右直撲趙師容！

這一下變生時腋，刀光淩厲，而且絕，除了一刀致命的人體部位外，別的地方都不打。

刀鋒利，刀快，可是掌更毒。

這掌赤紅，顯然就是江湖人談掌色變的「神祕血影掌」！

趙師容卻在傷心欲絕中，且失去了大部份的武功。

卯　哭泣的稻草人

蕭秋水的武功，卻非昔可比。

他發覺時，刀掌都已及趙師容。

但蕭秋水後發而先至，一探手，就抓中那血影背後的「至陽穴」，將他扔了出去！

可是待要再救趙師容，已來不及了，眼看刀鋒就要從趙師容玉頸處斬落。

蕭秋水搶身一攔，刀斫在他的肩胛上。

刀勢尚未完全落下，蕭秋水運聚內力，以肌肉夾住刀身，同時一指戳了出去。

這一指打在那執刀人的右臂彎處「曲澤穴」上，那人握刀無力，正要棄刀身退，可是蕭秋水的指力，先使少林金剛指的威力，摧其鋒銳，再以武當內家炁氣，擊散其體內勁道，那人不動還好，一動則全身虛脫，「卜」地跪倒。

蕭秋水肩上的血，這才自刀鋒上淌了出來。

趙師容急忙去看蕭秋水臂上的刀傷，她說：「你不要動，我替你取刀。」一咬銀牙，竟將寶刀拔了出來，血登時泉湧而出，趙師容急忙以金創藥敷上。

蕭秋水點點頭道：「我不礙事。他是杜絕。」

那仆倒地上的人，正是「權力幫」中，「九天十地・十九人魔」中的「快刀天魔」杜絕。

杜絕稍為喘息一下，又想一躍而起，但蕭秋水那一指乃集「少武真經」祕傳，所蘊含的至剛極柔之勁，豈是杜絕能拒抗抵禦得了的。

蕭秋水又在他肩頭五骨穴處戳了一指，杜絕便整個人潰倒了下來。

趙師容走近一步，問：「誰派你來的？」

杜絕不敢不說。在權力幫中，又有誰敢對李沉舟不忠，誰敢對趙師容不敬，誰敢對柳隨風不畏？

杜絕咬著牙齦終於道：「是朱大天王。」

趙師容趨近一步，問：「不是柳五公子？」

就算是大奸大惡的人，在李沉舟、趙師容面前，也不敢撒謊隱瞞。杜絕搖頭。

蕭秋水皺著兩道劍眉，道：「他，可信？」

趙師容嫣然淡淡一笑：「他們不敢騙我。」她的笑意淡澀而淒酸：「沉舟在幫裡的時候，不准一人對我稍有不敬，否則，他寧可不要做幫主。」她垂下眼簾，一會才睜開，輕吸了一口氣道：

「他對柳五總管，也是如此。」

蕭秋水愣了一陣，向杜絕追問道：「真的不是柳五公子派你來的？」

杜絕不答。趙師容淡淡地說：「你答。」

杜絕只好答了：「不是。」

這時李黑、胡福、施月、鐵星月等都聞聲走了過來，慰問蕭秋水和趙師容。他們見血影大師已死在稻草人旁，杜絕被擒，才放了心。

不錯，血影大師是死了。

死在稻草人的腳下，壓倒了一大片金黃色的禾草。

他們卻沒注意到，蕭秋水在匆忙中，並且在情急間出手，所以並未準確地抓中血影魔僧的「至陽穴」，但的確是把他扔出去了。

不過血影大師馬上又爬起來了：——那時正是蕭秋水著了一刀的時候，如他全力反撲，趙師容和蕭秋水未必抵擋得住。

但就在這時，他背後的稻草人，倏然伸出了手。

布滿稻禾的手，只凸出了一節手指。

手指插入血影大師的「至陽穴」中。

血影未及叫得半聲，便無聲無息地倒了下去。

看起來他就像是死於蕭秋水的一抓一捉之下。

其實不是的。

他是死在「稻草人」的手下。

而且誰也不知道，那稻草人瞧著蕭秋水和趙師容的背影，正淌下兩行眼淚。

會落淚的稻草人。

蕭秋水他當然也不知道。他正在問趙師容：「趙姊要把他怎樣？」

趙師容看向杜絕，道：「你要生要死？」

杜絕當然要活。

趙師容淡淡笑道：「你既自己想活，那就好了。」忽然出手抓住他的「天突穴」，杜絕只得張大了口，「啞啞」作色，趙師容在襟裡迅速掏出一顆白色藥丸，食中二指一彈，射入他的喉中，杜絕突眼虬筋，極力想吐出，趙師容又在他咽喉下一寸之處的「璇璣穴」一拍，杜絕發出「咕嘟」一聲，把藥丸吞嚥了下去。

「天突穴」乃人體奇經八脈中的陰維脈，再經這一指，藥力已侵入陰維任脈之會，再也拔除不去，杜絕知再無倖理，也不敢再掙扎，頓時臉如死灰。趙師容卻心裡知道，她的功力，因痛心於李沉舟之死，本以爲功力尚存四、五成，剛才血影、杜絕二神魔突襲之下，知道自己現時最多只有二、三成。她心中滾來滾去只想到：幫主，我的武功，盡都還了給您了……。但她神色自若地道：

「你服了我的『不如死丸』，若背叛我，則生不如死……你當然知道怎麼做的了？」

杜絕咬緊牙根，汗如雨下，不迭點頭。原來「不如死丸」，當真「生不如死」，但凡每種藥物，都有不同解法，若非配製人，旁人無法解得，若錯解或每一月未服解藥，藥性發作時，自殘身軀，連指趾都一一啖食之，甚是可怖，故名「不如死丸」。

趙師容心知自己若正面與杜絕戰，以自己體力而言，未必能勝他，故以此鎮壓他。她的武功大失，但對招式、封穴、出手等，仍瞭如指掌，只是這一點，只能嚇嚇庸手，若遇著朱大天王這等人，可謂難有活命之理。她心中如是想，但臉上不動聲色：

「我現在也需要人手，便留你活著。」

杜絕汗出如漿，垂首道：「是。」

趙師容問：「朱大天王爲什麼要殺我？」

杜絕本來對趙師容已不敢不答，現在被逼服下了「不如死丸」，更不能不答了：「因爲李幫主死了。天王要剪除權力幫的總機要人物，方才能奪大權，目前在總壇的對手只有五公子，在外卻只有趙姊，所以要先殺妳。」

趙師容緊問了一句：「……幫主……幫主他……他真的死了!?……」

杜絕也十分訝異趙師容似未十分肯定李沉舟已死，道：「……是。李幫主在後花園，遭宋明珠、高似蘭、左常生等一起施狙手，結果與左神魔同歸於盡。」

趙師容退後了兩步，嘴唇上連一絲血色都沒有，喃喃道：「高似蘭……宋明珠……殺了幫主?不會的……不會的!……」

杜絕道：「我們也不相信，可是卻看到了幫主的屍首。」

趙師容駭聲道：「幫主的屍首!?」

杜絕歎道：「趙姊，若幫主在，朱大天王敢先挑釁殺妳麼？如果屬下不是真箇肯定幫主已逝世，膽敢爲朱順水效命麼？」

這時晨光熹微，趙師容在晨光中，單薄如一朵衣輕的白蘭花。

她說：「就算有屍身，我也不信。幫主不會這樣就死了的，他答應過我……」說到此處，想起往事，知道希望太渺，眼睛一閉，眼淚簌簌而落，掛在臉頰上，她也沒去揩抹。

良久她說：「好，我們現在就出發，回到權力幫總壇去。」

蕭秋水知趙師容身上武功因心傷李沉舟之死，幾近全失，跟「快刀地魔」等在一起，可謂十分凶險，便說，「我們一道去。」

這時天已微亮，淡淡的晨曦中，採菱女子又輕歌柔曼，遠遠傳來，彷彿是一線香煙，裊裊飄飄，時聞時沒。

青衫客忽然道：「我跟妳去。」

陳見鬼第一個就不服氣：「爲什麼？連我們都沒得去，你哪有資格去!?」

青衫客臉無表情：「消息是由我先說的，我若是打誑，當可立時識穿，當場把我殺了；若任我走了，你們發覺撒謊時，要抓我已來不及了。」

金刀胡福爲人最是老實，想了一想，道：「有理有理。」

趙師容因心如刀割，心亂如麻，便無意以語言套住青衫客。旁人平常相罵倒行，這種詰曲詭譎之辯，倒難反唇相駁，另一種原因是，那青衫客雖臉如槁木，但身上卻散發有一種逼人的意態，令這干英雄好漢，響噹噹的腳色，都不敢胡言亂語。

李黑偏著頭，反問了一句：「與你同行，實太冒險？萬一你是內奸，豈不形同拿石頭砸自己的腳？」

青衫客肌肉牽動，臉肌也跟著動了一下，顯然他是笑了一下，只聽他說：「你們不信無妨，但趙姊信我。」

趙師容在迷惘中聽得這句話，大奇：「我爲何要信你？」

青衫客上前一步，說：「我給趙姊看一樣東西，趙姊自然會信我。」

趙師容臉上迷惑，暗自提防：「哦？」

青衫人再趨前了一步，他捏著拳的小手，忽然張了開來，裡面彷彿有一件小小的事物，背向眾人，向趙師容低聲道：「妳看。」

趙師容忽然驚呼了一聲。眾人都一顆心吊了起來，李黑、鐵星月等企起足跟來張望，卻又張望不到，他們心中都叵度趙師容什麼陣仗沒見識過，而且在這心痛神馳之際，居然還會暗驚，定當是非同小可的事兒。卻見那人又伸出一隻手指，在趙師容手背上寫了一個字，趙師容點了點頭，有一種淡淡隱隱的微笑：

「好。」

大肚和尙一個光頭就鑽了過來，睞著眼問：「他……？」

趙師容微笑道：「……可以跟我一道去。」

這連蕭秋水也莫名其妙。這時莫愁畔，數葉輕舟，在晨光中，劃水蕩來，舟上幾個女子，在唱歌採菱：

「江南好。江南春來早，水映千霞山尚好，莫愁湖畔莫愁老。世事茫茫輕易空，江南好。」

蕭秋水湊近一步，趙師容忽道：「蕭兄弟，我和這位兄台先去，杜絕由陸路趕至，你和諸位隨後跟到，可好？」

蕭秋水一楞，青衫客道：「就這麼辦了。」手一招，一葉輕舟，劃開水面兩道白波，瞬間即至。

青衫客一挽趙師容手腕，兩人翩然登上小舟，輕波劃浪，微風吹拂，只把青衫客和趙師容的衣衫吹得飄飄若仙。蕭秋水如此望去，只見水波中青衫客的背影裊然，寬笳的熟羅長袍下竟是裹著一纖小人怜的身軀，蕭秋水看得心中怦地一跳，只覺這身影好生熟稔，難道是……

只見採菱女子，划舟遠去，歌聲隱隱傳來，蕭秋水只覺心口一熱，幾乎要咯出一口血來：如果真是唐方，爲何不容讓真面目相見？如不是唐方，因何如此似曾相逢又相識？只見兩姝立在舟上，漸漸遠去，青衫客在旭陽中始終未曾回頭，卻加入了原先的清楚女音：

「莫愁在何處？莫愁心先秋。江南秋先老，莫愁許多愁。泱泱江水去，垂垂岸邊柳。風拂柳點波，漣漪江南秋。」

蕭秋水整個人怔住了，腦裡翻翻滾滾，儘是一個意念，是她，是她，是她。忽然長身掠出，就要涉水追去，他這一下舉動，眾俠都意料未及，要阻擋已來不及，正在此時，一條天神般的人影，半空截住了他，待那麼一剎那間，蕭秋水稍復神智時，那人從他「百會穴」後一寸五分後頂穴、強間穴、腦戶穴、風府穴、大椎穴、陶道穴、天柱穴、神道穴、靈台穴等一路點將下來，連封蕭秋水一十四道要穴，蕭秋水待要運「少武真經」的陽炁陰勁沖開，那人閃電般一抄手，半空接住了他，又瞬即封了他督脈三十六大穴！

蕭秋水是何等人物，還想運丹田一股「無極先丹」所蓄之真元，衝破封制，那人抱住掠落地面的瞬間，又封了任脈二十五大穴。

這一下，蕭秋水再也無法運氣衝破穴道，只得暗運內息，要逐步逼活脈路，但這人端的是非同小可，又接連封了他陰維脈一十四要穴，陽維脈三十二重穴。蕭秋水這才完全失去了抵抗力。

那人趁他心痛神馳之際，猝然出手抓住了他，蕭秋水此刻功力，已可謂力可通神，那人的武功，可也高得出神入化，制住蕭秋水後，半瞬未停，又再縱起，就在這時，數十度拳風、掌風、腿風、兵器，齊齊擊了箇空。

這些出擊的人自是鐵星月、邱南顧、大肚和尚、胡福他們。

一擊不中，猶待再擊，那人大袍在風中如喫得漲滿如怒獅般又飛了起來，撞向禾田邊的一個稻草人去，狠狠地一腳踢去，只聽「喀喇」一聲，稻草人下身稻草漲飛，被這一腳踢得支離破碎，那人一皺銀眉，喃喃自語道：「剛才明明還在流淚！」伸手一探稻草人眼孔，還略感潮濕，那人雙眉皺成一條渠源般，諸俠又吆喝追打過來，那人飛身而起，疾如鷹隼，懷抱一人，居然還跑得比他們更快，追得一會，在寒山寺附近的群廟處，頓失去了兩人蹤影。

諸俠急得什麼似的：──那人究竟是誰？爲何劫持蕭秋水？蕭大哥有沒有危險？權力幫正遇上了事，少了蕭大哥，該怎麼應付？

稿於一九八〇年七月八日

馬來西亞、美羅、怡保、吉隆坡等地旅次中

二校訂於一九九三年八月廿五日

金咭密碼至／開始改寫「神州奇俠」歷史背景／氣功大師王階來函／Cold war「解嚴」／立郡同意版稅調整事

重修於一九九八年一月十三、十四日

何生日，余赴來珠海，與方梁同慶宋星亮／金怡吃飯不遇王／海灣飲茶傾偈，楓林宵夜隊啤盡興，展昭決定留宿，爽快／魚在卜卜齋同睇VCD慶

何包旦生日傾天光，大家轉述梁借舒款遇其夫衝突事

第三折 英雄寂寞

天一張椅子

這靈堂跟別的靈堂，並沒有什麼不一樣。如果勉強要說有什麼不一樣，那就是幛幡上的字，是當今第一流的書法名家墨跡，各種筆路都有——但這並沒有什麼不同；人死了，再也聽不到別人對他怎麼說了；然而他一生所聽到最真實的話，卻因爲死了再也聽不見了。

人把掩蓋自己一副臭皮囊的東西，叫了各種各式的名稱，既叫靈柩，又叫壽木，十分講究，既畫花鳥，又加桐油，無非是死了還不甘願從此真的死去，是要保存這一副血肉之軀萬世之名，由是，棺材店都雅號爲「長生」、「福壽」不等。

可是人死了，還是死了。

——除非有人能死了還等於不死。

精神不死，流芳百世，英名不墮，古來有之；或遺臭萬年，唾罵歷代，也可能毀譽兼而有之——但人死，又怎能復生呢？

當然，李沉舟之死，顯然有些不一樣。

這靈堂確實沒什麼特別，如果說真正特別的，是通向這靈堂的唯一道路：——花園。

這「花園」是李沉舟生前一手布下的重地，若無李沉舟同意，進入這花園的人，至少要通過一百零一種埋伏——其中七十四種活捉，廿七種活殺的陷阱。

靈堂上往日有許多人，爲李沉舟生前每日冗聽幫中上下報告處。這廳堂掛有幾幅字畫，卻只有一張桌子，一張椅子。

桌子是好的紫檀木，高大，甚巨，古老，椅子坐墊甚高，使人坐上去，比站著報告的人還高。

本來坐在這裡的人就是武林中高大無尙的人上人。

李沉舟喜歡隔著一張桌子跟人說話，他喜歡人有距離，但也喜歡以直覺與人相交。

現在他死了，他的桌子也不見了。

他的桌子已改成了棺材，他自己的棺材。

這決定的人是柳隨風。

——柳隨風在李沉舟死後立即這樣做，只有兩個可能：極忠或極不忠。

權力幫就算再沒落，當然也不致於買不起棺材。柳隨風這樣作，究竟是想毀滅了代表李沉舟權力的事物，還是將李沉舟心愛的物品拿去陪葬，出之於恭謹仰奉，而不敢冒瀆私自擁留呢？

沒有桌子，卻還有椅子。

椅子上沒有人坐，一張空椅子。

空椅子對面卻有一個人。

一個淡青色、沈思的人。

他支頤蹙眉，向著空椅子、沈思。

那些平時來「報告」的人，都不在。人事是會變遷的，李沉舟一死，許多人都變了樣；就算沒變更的，柳五也沒讓他們來。

因爲他們無濟於事。

而要來的敵人又委實太過厲害。

——柳隨風對著空椅子，是在懷人、還是在籌思人事無常、翻覆不定的變幻？

惶。

這時一行六人，自曲徑通幽的園圃中走了過來，六個人都神色淡定從容，毫不張惶。

柳隨風靜靜地看著他們到來，他們也靜靜地莊容走進來。

柳隨風在想：幫主才死，便有人闖入了「花園」；闖進來的人心裡暗忖：躺在這裡的，就是名震天下，鼎鼎大名的權力幫主麼？

柳隨風緩緩抬起了頭，進來的人慢慢止住了腳步。

進來的人心裡一震：這用手支頤、淡淡微笑、好像一個含憂帶笑的少年公子，居然就是懾人千里之外的柳五總管柳隨風!?柳隨風卻在自忖：這些人儀表高雅、相貌堂堂、風度翩翩，高手氣態，洋溢於眉宇間，這等儀容除了「慕容世家」外，江湖上再也不會有別家。

這使得他心中有一股莫名的憤怒。

憤恨。他出身是沒有人要的「狗雜種」。「狗雜種」就是他十二歲前一直被人叫的名字，他一直在爛泥堆裡打滾，在垃圾堆裡找喫的東西；有時跟叫化子搶殘飯剩肴，有時還跟露出兩隻尖牙的狗搶肉骨頭。

十三歲以後，他學得了功夫，把叫過他「狗雜種」的人，統通殺掉，一個不剩，從此以後他搖身一變，變爲「公子」。

可是那一段經歷，他忘不了。

他小時候又髒又破又爛，扒在地上的時候，一些小閨秀掩眼驚呼，退開或踱過，一面以憐憫的眼光，掩嘴同情的看他……他那時只有一個意願：把這些自以爲身嬌玉貴的女孩子強姦掉。

一直到他長大了，還會想到這些。直到他遇到另一件事更深地撞擊他心靈後。

就算他現在丹田也有一股火起，真想把前面那穿絳裙輕紗的女子扯過來，撕破她衣服，供他淫辱。

雖然他也知道這女子不好惹：江湖上又漂亮又不好惹的女子中，她一定名列前三名之內。

這女子當然就是慕容小意。

慕容小意當然不知道他在想些什麼，她也正思忖：這看來洵洵儒雅、翩翩俗世的佳公子，就是著名心狠手辣，又親手殺害她的哥哥慕容若容的柳五總管麼？

慕容小意輕輕蹙起了蛾眉：怎麼一點也不像自己心中所想像的惡容？

這時慕容世情說：「我們慕容家一共來了九人，一個死在『花園』中，兩個中了埋伏，剩下六個人，老夫、小女、『鐵膽』濮少俠，以及『慕容三小』，特來拜祭李沉舟李幫主英靈。」

「慕容三小」是慕容小天、慕容小睫和慕容小傑，是慕容世家的旁系。慕容三小男的眉清，女的目秀，不但武功高，而且人清秀，在武林中頗有俠名。「濮少俠」即是「鐵膽屠龍」濮陽白，這人自小寄居在慕容家裡，少年時名聲已不逕而走，因爲聽說他真的屠了一頭龍，還有一個以「龍」爲號的一流劍客：

「傲劍狂龍」饋愧。

饋愧一死，濮陽白可謂名震天下，目前他是追求慕容小意的人中最有希望的一個。

柳隨風皺皺眉頭，沒有作聲，慕容世情又道：「當然，你也看得出來，我們自遠道而來，除了弔祭李幫主外，你還得請我們歇上一歇，坐一坐。」

柳隨風隨便一擺手道：「這裡沒有其他的椅子，地方倒挺大的，你隨便坐罷。」

慕容世情一笑：「這裡有一張椅子，又何必坐其他的地方。」

柳隨風淡淡地道：「這張椅子不是你坐的。」

慕容世情眉一揚，笑道：「難道是你坐的？」

柳隨風也是眉一挑道：「不是。」

慕容世情斜乜著眼問：「那末是誰坐的？」

柳隨風搖頭：「沒有人坐。」

慕容世情笑著說：「讓我坐坐不行嗎？」

柳隨風搖首，說：「幫主才可以坐這張椅子。」

慕容世情又笑了，他的眼邊泛起了魚尾一般的摺紋，他說：

「這就是了，我就是要坐這張椅子。」

「我還知道這張椅子，左邊把手，有一道機關，可以開啓權力幫的所有資料；右邊把手，有一張地圖，可以尋找權力幫所有寶藏；背墊有控制全幫上下人手名冊和機關，坐墊是李幫主自己的詩文記傳和武功祕辛……你可不可以讓一讓，讓我來坐坐？」

「如果可以，這椅子對面永遠可以有你。」

「如果不可以，你也將永遠看不見這張椅子。」

他說完了之後，瞇著眼睛，眼睛在細縫裡卻像毒劍一般地盯在柳隨風的臉上，在等著他的答覆。

柳隨風沒有回答。

他只是以指甲磨指甲，「嗒嗒」彈了兩下。

慕容世情一直笑著，可是眼睛一直未曾離開過柳五；他的眼睛就好像盯著一條毒蛇的尖牙一般，稍爲鬆懈，很容易便被牠一口咬死。

這時靈堂上、靈堂後也傳來「喀喀」、「咯咯」兩聲；慕容世情又笑了，他笑起來像隻老狐狸，多情、聰明而可愛的老狐狸。

「我知道了，你在叫人。」

「你在叫『刀王』和『水王』，他們倆個常年守在這張椅子的左右。」

「你一定是在叫他們；」慕容世情笑得刺骨地揶揄：「現下權力幫除了他們，也沒什麼人可以叫了。」

柳隨風彷彿沒有看到他那惡意的笑容，只是淡淡地說：「他們就夠了。」

慕容世情的臉上，忽然沒了笑容。

剛才他還在笑著，可是他的笑容，幾乎是說沒有就馬上沒有。

一點笑容也沒有。

有笑容的他，和沒有笑容的他，也判若兩人。

慕容小意走進一步，道：「爹，這人交給我收拾好了。」

——收拾？

柳隨風表面上平淡如昔，但心裡無名火起：收拾!?這豈不是當年他像狗一般趴在街上，給人誤爲偷餑餑的賊時，所聽到的話！

——可是那家店子的老闆，後來讓他亂刀分屍，那家店子的老闆娘，也給他逼瘋了，一絲不掛的尖叫著跑到街坊上去。

——她一輩子做不成人。

柳隨風用右手握著自己的左手，他左手在抖。可是他現在不能抖。一抖，就會讓敵人看出。看出，就得死。但他不能不想到這些，想到那女子脫光了衣服跑到街上的一幕，他就不由自主的抖。他緩緩閉上雙目，心裡狂喊：趙姊，趙姊……唯有在喊這名字時，他才可以不顫抖。

可是這在慕容小意來看，是極大的污衊。

她俏媚的容貌，未曾有一個男子，敢當著她面前，閉上眼睛。

——就算眼睜睜看著劍刃刺來，也寧可瞪著雙眼看著她的風姿才死得甘願。

她真想把這人的眼珠挖出來。

不過她雖然生氣，可是卻沒有那末狠的心。

上次她殺了一個採花大盜，只不過切了他的命根子，已足足噁心了三、四天。

她雖沒那麼狠的心，但她卻很有信心。

因爲她確信自己有那麼好的本領。

這時靈堂上又出現兩人，著青衫的臉上，有一般淡淡的殺氣，他躬身向柳隨風問：「總管，這雌兒交我料理。」

柳隨風輕輕頷首，慕容小意氣得粉臉通紅，一咬銀牙，正要出手，三人倏地躍出，道：

「小意姐，我們來掠陣。」

說話的人是慕容小傑，他對這個「小表姊」，自也有「醉翁之意」，便要出來作護花人，以獲慕容小意心中感激，可是話未說完，迎面只見一片刀光。

他急忙跳避，刀光緊隨追到。他躲過一重刀光，又見數重刀光，躲過數重刀光，卻見千萬刀光。

所謂「刀影如山」，「刀王」這柄刀，正是「如山寶刀」。

慕容小傑先機盡失，眼見不出三刀，就要死在兆秋息刀下；慕容小睫、慕容小天手足情深，連忙過去相助，誰知人蹤未到，兩道水花，直向二人捲灑而來。

兩人連忙閃躲相鬥，才知道不是水流，而是雙袖；「水王」的袍袖飛捲，困住二人，使他們無法趕過去營救慕容小傑。

正在這時，「嘣噔」一聲，星火四濺，兆秋息的「如山寶刀」，被另一柄大刀封住！

這刀黑漆如墨，卻鋒利無匹，「如山寶刀」才一交鋒，即多了塊米粒般大小的缺口。

兆秋息收刀退式，叱道：「好刀。」

濮陽白冷笑道：「我這張刀，是『萬刀之王刀』。」

兆秋息也冷哼道：「我這個人，卻是『刀中之王』。」

濮陽白大喝一聲：「看刀！」金刀大馬，連環三刀，兆秋息刀走偏鋒，連架三刀，也連換了三柄刀，而三把刀都被震崩了缺口。

濮陽白發了三刀，正待換得一口氣，一道凌厲至極的刀氣到來，他全力一閃，「嗤」地已被對方在左胸劃了一道三寸來長的口子，鮮血如泉噴湧，他定了定神，見「刀王」的左手有一層淡淡的金芒，宛如刀氣一般，他大喫一驚，失聲道：

「『手刀』!?」

兆秋息臉色莊穆，點點頭道：「你有『萬刀之王刀』，我卻是真正的『刀王』。」

鞠秀山左袖如長江翻浪，右袖如飛瀑橫空，始終纏住慕容家的兩個高手，便在這時，人影一閃，一條苗條的人影，「霍」地擲出兩條長紗，迎面向「水王」捲來。

鞠秀山倏地一驚，知道厲害，以雙袖反舒而出，登時四袖上下舒捲，如風迎蝶，如雲迎鵲，煞是好看，鬥得十七八招，兩人雙袖交錯，往回反捲，相互一扯，兩人功力互相抵消，扯不動對方分毫。

然而兩人臉色都有些變了。

在鞠秀山心中，甚是詫訝慕容小意年紀小小，袖功如此靈活，而且以小巧柔勁，化去自己的大力；在慕容小意心裡，也暗震訝於「水王」只是權力幫中「八大天王」之一，也有此功力，居然藉水一般的無匹柔勁，使得自己拔之不動，更無以借力打力。

兩人僵持不下時，「刀王」那兒已佔先機，忽然人影一閃，兆秋息與之對了六刀，竟震得虎口欲裂；鞠秀山也覺一股大力，震開自己和慕容小意的雙袖，那人雙袖翻飛，鞠秀山接得五六招，便覺天旋地轉，幾把樁不住，十七八個旋身轉了開去，差點兒沒摔個倒栽蔥！

兆秋息這時驚叫道：「『手刀』！」原來對方，正是用「手刀」之技來破他的「手刀」。鞠秀山那邊也呼得一聲：「『水袖』！」對方也是以他的「水袖」之法來破他的「水袖功」。這「對方」乃同是一人。

定睛看去時，正是當今「慕容世家」的主人，慕容世情。

地 一副棺材

慕容世情出手，以袖消袖，以刀破刀，正是江南第一世家慕容氏的「以彼之道，還彼其身」之絕技，瞬息間便擊敗「權力幫」中的兩大天王！

慕容世情袖手負背，水王和刀王面面相覷，臉如土色，慕容世情悠然道：「你們別急，要攔住我，也得看看你們總管柳公子的意思。」

兆秋息和鞠秀山望去，只見柳隨風皺著眉，食指橫放在上唇，其他四指，則支在下頦，不但沒有出手的意思，看來連激動和憤怒的意思也沒有。

兆秋息這才真的目瞳收縮，戟指道：「你……五公子……你……」

鞠秀山囁嚅道：「柳總管，幫主生前，待你不薄……」

慕容世情滿懷笑意地瞧著柳隨風，截道：「那你們就有所不知了。以前李沉舟身邊還有個『老水王』公共工，『老人王』官古書，後來他們一個退隱江湖，一個遠在塞外，你道他們怎地？便是因只聽命於幫主，不聽命於總管……」慕容世情「嘿嘿」

一笑又道：

「偏偏你們幫主，又很信任總管老五，便將一個放逐，另一個見機不妙，也息隱江湖，以苟全身……這才輪到鞠老弟你閣下，以及南海鄧玉平走馬上任……」慕容世情的笑容似魚尾一般，既譏誚但又令人易生好感，他繼續說，並以目稍瞧自己微蹺的腳尖。

「何況……我只是要坐那張位子罷了，對你們幫主的遺骸……可不會有絲毫不敬，你們又何苦如此看不開？……」

「刀王」兆秋息和「水王」鞠秀山臉如死灰，神色沮喪，柳隨風以食指輕搓人中，似絲毫沒聽到慕容世情的話語一般。

這時忽聽一個聲音道：

「我不要位子；我只要在棺材裡躺著的人心口扎一刀。一刀就夠了。」

這時有十個人走了進來。

這十個人中的九個人走進來，偌大的廳堂，盡是殺氣。

這九個人走進來，就如一整支軍隊走進來一般。

而且是鎮守邊疆、終年征戰、殺人無算的軍隊。

這九個人中，只有一個人沒有殺氣。

這人臉帶笑容，年紀最輕，看來最年輕。

這人走在最後，直至他踱入大廳時，柳五才皺了皺眉頭。

這人什麼氣都沒有，反而有些和氣。

這九個人走了進來，都沒有說話。

看他們的神氣，是在等人。

等一個真正能代表他們說話的人。

果然那原先的聲音又說話了，還是從「花園」外傳來：

「我們十個人來，十個人都到齊。」

話才說完，這人已走了進來。

花園很大，這人的輕功，真可謂高到了匪夷所思的地步。

——更可怕的是，權力幫自有「花園」以來，也不是沒有人闖入過，只是從沒有十個人進來，十個人仍是活生生的事情出現過。

慕容世情卻笑花花地道：

「墨大俠近在咫尺，語音卻能遠在天邊，『千里之行，始於足下』的內功，果真已練到了前人未有的境地。」

墨夜雨冷笑，眼角瞧著自己腰間漆黑的刀鞘，淡淡地道：「不過我成名絕技，卻是刀。『千萬頭顱，斬於吾手』的刀法。」

慕容世情一翹拇指，大笑道：「好！好！魚與熊掌，不可兼得，我要椅子，你要棺材，咱們都有所好，願亦各有所得，彼此河水不犯井水，不擋他人財路。」

墨夜雨冷笑，捏緊自己的刀，冷電一般的眼神，冷毒地盯著柳五，冷銳地道：「你要替我打開棺材，看看李沉舟是真死，還是假死，或者由我一刀把棺材劈爲兩爿？」

忽聽一個聲音拍手笑道：「聽了你們的話，我好生爲難，如果我位子也要，棺材也要，不知道……不知道會不會開罪諸位？」

慕容世情、墨夜雨、柳隨風是全場中有些許震動的人，然而慕容世情恢復得最快，他歎道：「看來李沉舟一死，什麼人都來了。」

柳五聽了這句話，臉上忽然掛了兩行淚珠。

走進來的人有三個，一個青衣羅帽的小伙子，一個老邁不堪的老頭子，一個是懶慵慵的少年。話是少年人說的。他身著白色長袍，長袍上處處都是污垢。

慕容世情瞑目歎道：「連唐十七都來了……李沉舟一死，權力幫真是美餌。」

柳隨風聽了這句話，突然握緊了拳頭。

唐君秋淡淡一笑道：「現在除了朱大天王……好像該來的，都已經來了。」

慕容小意冷冰冰地道：「要動手的，也該動手了。」

唐十七少忽然說了一句話。

「只不知李沉舟是真死，還是假死。」

墨夜雨的眼睛裡忽然閃起了兩道冷鋒，緊握漆黑刀柄的手，又握緊了一些，青筋凸露。

唐十七少唐宋又加了一句：「如果他沒死，也似以前一般，一出拳就將墨大俠的賢弟墨泱絕打死，那我們豈不是才是餌？」

江湖上誰都知道，墨家墨夜雨的親弟「一去無還」墨泱絕是死於「權力幫」幫主李沉舟手下的，唐宋一說完了這句話，墨夜雨就開始邁步。

他一旦始步，任何東西，任何力量，都抵不住他的決意。他握著腰間的刀，向前邁去。向前邁去。

慕容世情淡淡地道：「李幫主，我只要你位子，不要你棺材，你怨不得我……你的好兄弟柳隨風是聰明人，何況，天下的凳子多的是，不只是這一張，他不必跟我爭……趙師容迷上蕭秋水，在江湖混世，是不回來的了……李幫主，你既死了，多補一刀又何妨？無傷大雅的事，你的手下也不是蠢人，當然不必多管閒事……」他的話是故意說給大家聽的，目的是要權力幫留下來的人不要插手。

這時墨夜雨已逼近棺材。

三十步。

他昂直走去。

慢，但有力。

那九個人的殺氣驟然都不見了。

殺氣只集中在他一個人的身上。

而且強烈了十倍。

二十步。

靈堂前的百數十支白蠟燭，它被一股無形的氣焰，逼得火舌後吐，閃爍不已。

墨夜雨的臉卻無表情。

燭光閃爍不定，映照在他佈滿虬筋的臉上，如千百條蜈蚣在蠢動噬咬一般。

他要一刀劈開那棺材。

他要一刀把棺材裡的人斬爲兩半。

不管棺材裡的人是死人還是活人。

大廳靜得一根針落地的聲音都聽得到，彷彿棺材裡有個殭屍的心跳聲，大家正在傾耳聆聽一般。

可是大家幾乎都沒有心跳聲，連呼吸的聲息也沒有。

墨夜雨的殺氣，已不見了。

殺氣都聚集在他的手上。

青筋虬結的手上。

他的手，就是力量。

摧毀一切的大力量。

十步。

距離只剩十步。

墨夜雨開步前行，髣髴永不回頭。

眾人只見他背影，都想不起他原先的臉容。

記不起他的臉目，想像的臉容比事實更可怕。

他要斬碎棺材裡的人，因爲棺材裡的人曾打碎他弟弟的臉。他唯一個弟弟的臉。

李沉舟沒有殺他。但他的臉成了墨家的屈辱。

墨家子弟只有死，沒有屈辱。也不能被侮辱。

墨夜雨的黑披風背影，似夜晚一般巨大無朋。

他身上的殺氣已不見了。

他手上也沒有殺氣。

他的殺氣已移轉到刀上。

他自信他的刀一擊，能粉碎一切。

而且就算他的刀不拔出來，他已經勝了。

只有他自己心裡知道勝在哪裡和爲什麼。

只聽一聲大喝：

「站住！」

任何事物都不能使墨夜雨站住。

可是這一聲大喝，使墨夜雨霍然立住。

他站住的時候，心裡已肯定了一件事：他站住的代價是叫他站住的人死亡。

叱喝他站住的人是柳五。

柳隨風用一種平時絕對從他那兒見不到的激動大喝道：

「誰要碰幫主的棺材，先殺我柳隨風！」

兆秋息、鞠秀山二人臉上，同時有了喜色。狂喜之色。

——柳總管果然是柳總管！

——柳五果是幫主的兄弟！

墨夜雨停步，但沒有回身。柳五的話一說完，他又開始前進。

他的手依然按在腰畔的刀柄上。

就在這時，青影一飄，李沉舟的棺柩前多了一條人影。

柳隨風。

墨夜雨依然沒有停步，他一步一步地邁過去。

而且他笑了。他絕少笑，他幾乎已不懂得怎樣笑了。他的笑容極是難看：

「也好。殺了你免留禍患。」

五步。

墨夜雨和柳隨風的距離只剩下五步。

「刀王」和「水王」的額角有汗，雙手握緊。

「趙姊姊」還沒有回來，他們的主力，只剩下了柳隨風。

——柳總管你不能敗！

——柳總管你不能死！

四步。

唐十七笑了。權力幫和墨家的事，當然與他們唐家無關。

慕容世情也瞇著眼睛笑了：慕容世家當然也不必冒這趟渾水——他自己髣髴也知道自己，瞇起眼睛來笑時狡猾得很好看。只有他這樣成年男子才有這樣智慧的好看。

三步。

三步是一個伸手可及的距離。

何況有刀。

柳隨風手裡卻無刀。

但柳隨風是一個很絕的人。武林中人人都知道他「絕」。他出手有三絕，但這「三絕」，縱連他的結義大哥李沉舟，也捉摸不透；甚至李沉舟戲謔地說：寧願要用一幫去換取他的三道絕活兒，但都換取不到。

拔刀。

墨夜雨終於拔出了他的刀。

一把將一生性命、一身血氣都灌注進去的刀，自然非同凡響。

可是墨夜雨的刀，卻沒有刀。

只有刀柄。

就在這時，刀光一閃。

那和氣的人出了手。

他一躍就到柳隨風背後，就在柳五全神灌注對付墨夜雨時，驟然出手！

這一刀力足以動鬼神、驚天地！

何況是這等情形下出手！

——這一刀自然是一擊必殺。

必殺的一擊！

可是柳隨風一早就等著他。

他出手時，柳五猛返身，全力出手。

一隻手臂飛到了半空。

手指修長，而有力，秀氣，且骨節露。

血濺。

柳五的左手不見了。

他的臉色慘白如刀。

那和氣的人卻倒了下去。

額角四分五裂。

可是他沒立時死。

他「千里之行，始於足下」內功，修爲尚在他的「千萬頭顱，斬於吾刀」之上，所以能一時護住心脈未死，他掙扎地問：

「你……怎知……我……我就是……墨夜雨？……」

柳隨風咬緊了牙，道：「因爲你就是墨夜雨。」

——這個答覆無疑是最好的答覆。

因爲墨夜雨就是墨夜雨，任誰也化裝不來。他跟著那九個子弟兵，一跨入廳來，柳五就注意著他。柳隨風天生就是一個這樣的人，有著野獸一般本能而敏感的人。權力幫創幫時的七大高手，只剩下李沉舟和他，也許就是因爲靠了這種本能，才能活到今天。

這人才是墨夜雨。那按刀柄的人是他的大弟子墨最。

——他的弟子年紀比他還大。

江湖中人只知道墨翠峰死後就是墨夜雨當「鉅子」，誰也不知道墨夜雨有多大年紀，他當領袖已十年了——其實墨夜雨十七歲就當上墨家的「鉅子」，而且地位、愛戴及名望，有著無人可動搖的根深蒂固。

被李沉舟打裂臉孔的墨決絕，係墨夜雨的兄長，而不是弟弟——但墨決絕卻喚墨夜雨作「哥哥」。沒有人敢叫墨夜雨做「弟弟」。連他父親也不敢喚他作「孩兒」。

——這樣的人，卻終於死在柳隨風手下。

柳隨風的出手，便是他三道殺著之一。

他昔日在浣花路上殺和尚大師是另一道殺手。

他還有一道絕招未曾用過。

墨夜雨死了，墨最卻立即出手。

他的眼發紅了，他出手也拚盡了全力。

其他九名子弟，也瘋狂地出手。

這些人以一敵一，柳五舉手投足間即可置之於死地；可是柳五卻受了傷，而且這些人都不要命了。

——墨家的死士，世所聞名。

兆秋息和鞠秀山也迎了上去，他們也殺紅了眼。

柳五公子捨身爲保存李幫主的靈柩，他們也可爲他捨身拚命。

江湖中本就有爲朋友兩脅插刀在所不辭的道義。

慕容世情暗暗歎了一聲，彷彿覺得惋惜。

但就在他發出一聲歎息的同時，他的身子驀地飛了起來。

他說要那椅子，可是他撲向那棺材。

柳五不去維護那張椅子，而去守護那副棺材——棺材顯然比椅子更重要。

——慕容世情當然也不認爲柳五只是爲了維護李沉舟的遺骸。

他是老狐狸。他很有信心，一眼就可以看出小狐狸的尾巴來。

玄 賞心樂事

慕容世情自十七歲已漸穩握慕容世家的大權以來，以他驚人的絕世才華，驕人的博學睿智，一生洞透世情，明見萬里，料敵如神，很少判斷有誤。

他可以說是武林中犯錯最少的五個人之一。

他撲近棺材，一掌就震開棺木。

柳隨風瞥見，全力掠了過去。

所以他沒避開墨最的一爪。

那一爪使他的眼角、口唇、鼻孔、額頭、頦下，出現掀翻了的血口，從今這一爪便已毀了他清秀英挺的容顏。

慕容世情一掌震開了棺蓋，他楞住。

李沉舟在棺中。

李沉舟沒有站起來。

李沉舟的確是死了。

他殺人無算，更閱人無數，他一眼就可以看出，人是不是真的死了。

——李沉舟看來似是真的死了。

無論是不是真的死了，他都要補上一掌，以策萬全。

就在這時，柳隨風已經到了。

柳隨風全力撲擊他的背後。

慕容世情就算再輕敵，他也不致於敢輕視柳隨風這樣的大敵。

何況柳五好像不要命了，誰敢碰一碰李沉舟的遺體，他都似是不要命了。

慕容世情只好回身全力對敵。

就在此時，五道流星，急打李沉舟的屍身！

唐十七少唐宋，終於在此時出了手！

唐宋的暗器，叫做「送終」。

他的暗器一出，敵人就只好送終。

他的暗器一旦出手，連柳隨風都未必躲得了，何況他暗器打的不是柳隨風，而是李沉舟。

而且李沉舟已是死人。

可是柳隨風撲起。

慕容世情一掌打在他腳骨上，「喀喇喇」他的腳骨碎了好幾根，他人卻掠到了棺邊，撲在李沉舟身上，「嗤嗤嗤嗤嗤」，五枚「送終」，都打在他背後。

柳五身子一陣抽搐。

這時就算瞎子都知道：柳五維護的是李沉舟的屍身，卻不是棺材中有什麼祕寶；而棺中的李沉舟的確是死人，否則他斷不會不出手。

慕容世情和唐宋雖判斷錯誤，但柳五也成了廢人——就算沒死，也是個「沒有用」的人了。一個人「沒有用」，當然不會威脅到他人，也並不可怕。

可怕的反而是他們彼此。

——慕容世情和唐宋自己。

慕容世情是何等精明人物，他即刻道：

「我認爲我們兩家，不宜相鬥，先解決這裡一切，我們再來瓜分，人人都有份。」

「好！」唐宋更是一個聰明的年輕人：

「別人這時都希望我們兩家打起來，我們就偏不打起來。」

慕容世情大笑：薑是老的辣，狐狸是老的狡，解決了權力幫和墨家，回頭再慢慢炮製你。他心中想，長身而起，撲向那張空椅子，笑道：

「如此兩家都好……」

他的「好」字一出，忽覺背後急風陡起。

——暗器破空之聲！

——比一切暗器更可怕、更尖銳、更快疾的劃空之聲！

他硬生生止住，撲下，就地一滾——他以前輩身份，雍雅氣度，從未這麼狼狽過！

——但爲了生命，再狼狽也顧不了。

「嘯嘯嘯」三聲，三道暗器自他頭上飛過；「哧」地一聲，一道銳氣劃破了他的衣襟，險險擊中了他。

他勃然大怒，翻身跳起：

——他決不能讓這狡獪小子有第二次出手的機會！

但就在他跳起的同時，有三個人倒了下去。

——他自家的人。

慕容小傑、慕容小天死於唐土土之手；濮陽白卻死在唐君秋手下。

慕容小睫和慕容小意之所以未死，也許不過是因爲唐君秋「寡人好色」。

慕容世情本來正恚然大怒，含憤出手的，但他現在連怒都不敢怒了。

——因爲他發覺這少年遠比他更像狐狸。

——而且這少年正等著要他激怒。

——對這樣的人，惱怒的結果就是：自取滅亡。

——何況他現在已沒本錢忿怒：他現在只剩下了一個女兒。

——他已中年喪妻，老年喪子，不願死而無後。

他笑了。雖然勉強，可是還是要笑，而且一面鼓掌。「你很厲害，我很佩服。」

「唐門三絕，聽說除了唐肥是唐媽媽調教外，其他唐絕和世兄您都是唐老太太親手訓練的，果然將門虎子。」

「可惜慕容家未有你這等人才。」

他一面說一面嘆息，彷彿很惋惜。

——只有他心裡知道：他的歎息和微笑一樣，都是武器。

——殺人的武器。

——拖宕時間，使敵人疏於防範，讓對方錯誤判斷，都是這兩招的好處。

——致命的武器，往往不是兵器，而是表情、語言，或者其他更像不是武器的武器。

慕容世情當然很懂得這個道理。

可惜他不知道唐宋更懂得這個道理。

唐宋微笑道：「我不厲害，絕大少才是真正的厲害。」

慕容世情故作訝異地問：「絕大少就是唐絕？」

唐宋慵懶地道：「絕大少只有一個，正如唐十七也只有一個。」

慕容世情不可置信地道：「唐家還有年輕人強過你麼?那實在是不可能的事。」

唐宋淡淡笑道：「他當然比我強，至少到目前爲止，我還不知道唐大少絕哥在哪裡。」

慕容世情啫啫歎道：「其實有你唐宋出馬，唐大少來不來，都沒有關係。」

唐宋笑了。他搖著檀香扇，笑得一點敵意也沒有，可是他說的話卻如利針一般刺進對方的心房：

「你在這時候，還跟我說這麼多做什麼？是不是想找機會殺我？」

慕容世情並不動怒，他歎了一口氣，道：「說真的，我一直在找機會，可惜找不到。」

唐宋瞇著眼睛笑道：「你剛說的那句話，係想藉辭誇獎我，讓我有些陶陶然，你才一擊搏殺我，是不是？」

慕容世情本待出手，聽到了這句話，他才打消了念頭；只得又歎了一口氣，——人生在他而言，不是笑即是歎息。

唐宋輕搖摺扇道：「我不是那麼容易給人逮著機會的。且看你的『以彼之道，還彼其身』如何制我？是不是沒有把握，不敢出手？」

慕容世情自從跟這少年交上了手，處處受制，步步下風，心中懊恨至極決意無論如何，都要將局勢扳過來，他道：

「不是不敢，而是沒有絕對的把握；一旦出手，一擊必殺！」

「對了！」唐宋收起摺扇，做作地輕拍了一下手掌，道：

「你可以學放暗器：你剛才說的，正是發射暗器的基本道理。」他突然將臉色一沈，又道：

「其實你一直拖宕時間，來窺出我的疏虞處，但這步策正好中了我的計。」

慕容世情一楞，他不知道唐宋說這話是什麼意思。唐宋說：

「我說這話的意思是：你背後是否有一些些痲癢？」

慕容世情幾乎整個地跳起來，他的臉色變了。他無法控制笑言，也來不及歎息，因爲他背後確有些痲癢，唐宋笑道：

「你的內功精湛，換作別人，早已倒下，但是隔了這麼長的一段時間，你縱死不了，也很難再有力量動手了……」唐宋說到這裡，一句一句地道：

「我是唐宋。唐宋的暗器，只要劃破你的衣襟，也一樣可以把你毒死！」唐宋更一個字一個字地說：

「你開始佔於下風，源自於你的驕傲；現在招致死亡，乃因爲你自以爲是老狐狸，什麼事都瞞不過你；」唐宋爆出一陣猖狂至極的笑聲道：

「你當自己是聰明人，但是卻不知天下間聰明人多的是！」

他一說完，暗器就發了出去。

唐宋從不給人機會。

慕容世情只好死。

慕容小意和慕容小睫慘呼著，掠上前來，唐土土便要下重手，唐君秋制止，他輕易地截住雙姝。

就在這時，他的背後至少響起了十來聲「篤篤」。

他也是暗器名家，當然知道自己已中了十來支尺長的鋼針。

但他卻不覺得痛苦，只有一點點麻，一點點癢。

可是這使唐君秋更爲害怕，他嘶聲回首：

「你……你……我是你叔父……!?」

放暗器的人是唐宋。他微笑道：

「必要時，我不惜弒父。」

唐君秋嗄聲道：「你爲什……什麼要殺……我!?」

唐宋輕搖摺扇，瞇著眼睛道：「老太太說，你若好色，並不打緊，如果誤了公事，那不管事大事小，日後必成禍胎，凡是對唐門不利的事，都該根絕後患。」唐宋臉色一寒，又道：

「剛才你說殺了這兩個丫頭，可是你沒有做，所以我先殺你，才殺柳五，再殺這兩個丫頭！」

遇到唐宋這樣的人，連唐君秋也只好死了。

他臨死前曾恐怖地大叫道：「四阿哥會來的……你沒權力處死我……他馬上就會來的，快給我解藥……我跟他說去……快給我解藥——」唐門的「四阿哥」唐君傷是負責殺人的，身爲老五的唐君秋，也不知他是誰，只知道這「四阿哥」比他年輕許多歲。

唐宋笑了。他當然不會給解藥，雖然他也未曾見過「四叔」。唐門二當家唐橙枝和四當家唐君傷，一直是唐門中最神祕的兩個人。對這件事，他很滿意。他一進來，即輕易清理了門戶，殺了唐君秋，使得他和父親的地位，日後在唐門中自是大大的提高。而且重創了柳五，他現在要殺柳隨風，是舉手間的事情。這回任務更難得的是殺了慕容世情。這隻老狐狸真可謂精似神仙，至於墨夜雨，也死在柳隨風手上。武林中僅存的「慕容、墨、唐」三個世家，現在只剩下了「蜀中唐門」，更可貴的是，連「權力幫」的大權，都垂手可得。

這僅僅是一個下午間，發生在權力幫中靈堂的事。

真是賞心樂事。

他決定先殺柳五。

柳隨風雖然垂死，但他卻有潛力。

慕容小意和慕容小睫雖未受傷，卻無潛力。

唐宋向來分辨得一清二楚：哪個該先殺，哪個該後殺。

——也許正是因爲這樣，像他這種人，才能活到現在。

他正要下手，兆秋息和鞠秀山在苦戰之中，拚力殺出重圍，由於旨在趕來護主，所以身上掛了多處的傷。

他們身上如果有十處傷口，定有五處是墨最砍的，其他九人只佔得上另外五道傷痕。

墨最是墨夜雨的得意大弟子，他的武功最高。

兆秋息揮刀衝過來，大喝道：「五公子，幫主是英雄，你是好漢，我們願做一個死士——」

鞠秀山揮舞雙袖，捲了過去，補上了一句：「不止一個——」

那邊的慕容小意和慕容小睫，也向唐宋背後衝了過去——殺父之仇，不共戴天，其他都可放開一邊。

唐宋笑了：

「你們都是賢徒孝女，都是好漢英傑，可就讓我這個小人得志吧！哈哈哈，你們是寂天寞地的英雄，我卻是吐氣揚眉的小人，你們又能怎樣!?哈哈哈……今天一齊給你們這干寂寞豪傑送終罷！」

他就要出手。

衝來的人一共是「刀王」、「水王」、慕容小意、慕容小睫，甚至加上垂死的柳隨風，他也不怕。

他深信他自己的暗器。

他甚至暗地裡知道，若論定力及沈著，他可能不如絕老大，但論暗器上的成就，唐絕老大也未必如他。

一柄輕輕的檀香扇，就裝上十一道絕門歹毒的暗器，其中有八種在江湖上還是見所未見，聞所未聞的，只要在檀香扇柄上一個機括，就可以全部發射出來——這樣的佈置，唐絕能及得上他麼？

就在這時，他也聽到了一個聞所未聞的聲音：

「英雄不寂寞！五弟，你不會死的。」

他返過頭來，就看見半空飛來了一個他見所未見遇所未遇的拳頭。

稿於一九八〇年七月十二日
香港九龍中興酒店與曉天、復諧同時創作中
校於一九九三年九月二日
收到中國友誼新版「布衣神相」、「刀巴記」、「天威」上下冊／KI

N隱憂甚／與NC大衝突後大和解／梁上君子犯小官非

修訂於一九九八年一月十五日至十七日

周街搵VCD／換新機，一再出問題／台已出版並寄出新版「布衣神相」／首次上至尊，之前煩悶起齟齬，反而造成日後一生重大變化，可見世上大事都發生自偶然機遇中／太早入樽，平淡無奇，本只稍作逗留，何梁飈住我先結果識劉華林、龐開祥、葉鴻圖、邱燕子等／見靜舞，登時驚艷，變好仔，乖哂

第四折　壯士悲歌

過門　拳頭

十月十日，「唐門三絕」中唐宋死。
死地：權力幫「靈堂」。
死因：臉骨碎裂，中拳而死。
死於：權力幫幫主李沉舟之手。

三天後，蜀中唐門唐老太太乃接到這份簡報。

李沉舟一出現，就打碎了唐宋的頭。
李沉舟出手，就像他做事一樣，一旦決斷，永不更改；一經插手，穩操勝卷。
他一出現，唐宋便倒了下去，他奔向柳五。
柳五爲了他的遺骸，犧牲了一條手臂，又和身覆其上，擋住了唐宋的暗器。

——皆因柳五，不知道自己未死！

李沉舟衝過去，扶起柳五，就在這時，一件李沉舟絕對意想不到的事情發生了！

「砰」地一聲，棺蓋四分五裂。

一人自棺中觀坐而起，一揚手，一道黑光直打李沉舟眉心死穴！

就算此刻，暗算李沉舟的是柳隨風，李沉舟也不致於完全沒有防備。

而就在因爲他仍暗下防備——在情緒極之感動下，還要理智地考慮到柳五用的是不是「苦肉計」——這是一個做領袖人的悲哀，也是人在江湖的不得已：所以他反而更未能兼顧防範及其他。

何況李沉舟再睿智，也未想到棺材裡的「李沉舟」，居然會暗殺他！

他甚至沒有料到那痴呆獃楞的「李沉舟」會還沒死！

——不但還沒死，而且沈得住氣，在這個時候，才全力一擊！

——這麼絕！是唐絕！這個人一定就是唐絕！

可惜李沉舟這時候知道已太遲。

唐絕是人！

一個絕頂聰明的人！

但就算是絕頂聰明的人，也只是人。人不是神！

人有錯誤！

李沉舟是個絕世才華的人，算錯了一步，爲唐絕所趁，但唐絕也斷未料到這一件事！

——柳五！

唐家的暗器犀利霸道，唐宋的暗器更稱絕江湖。唐絕也很了解自己；唐宋比起自己尚嫩了一些，這不是指暗器的造詣，而是指江湖經驗。

所以唐絕對唐宋的暗器，絕對信任。

——唐宋的「送終」一向是唐門中比「唐花」還犀利的暗器。

所以柳五就算未死，也斷斷爬不起來。

但在這剎那間，柳五不但似觸電一般標彈起來，而且一揚手，他僅存的一隻手，手掌打出了一粒雷球！

這雷球就是他打裂墨夜雨額角的東西！

「雷球」及時擊中了唐絕打出來的「黑光」！

兩件事物發起了一聲輕微的爆炸，就在這時，唐絕霍然返身，「要滅權力幫，先殺李沉舟」，「要誅李沉舟，先殺柳隨風」，這個江湖傳諺，他首次完全透徹地領悟到。

他返身的刹那，暗器都發了出去。

可是他不該回身。

沒有人能以背對住李沉舟。

李沉舟如果沒有柳五的及時截擊，乃極有可能死於「黑光」之下，但是「黑光」一滅，李沉舟的反撲比「黑光」還可怕三倍！

唐絕突覺背後一股大力湧來，「碰」地一聲，他的五臟六腑都似在這一撞間走離了位，而且他發出去的暗器，都失卻了準頭，居然全都向他自己身上打了回來，唐絕失聲大叫：

「拳頭！」

——李沉舟的拳頭！

李沉舟的拳頭無疑是江湖上，武林中最享盛名的一雙拳頭。

這拳頭能打出這麼大毀滅性的力道，可說並不稀奇，可怕的是它也能發出如此巧妙的勁道，使得唐絕的暗器雖仍發了出去，卻打向了自己！

這一招最絕。

比唐絕還絕！

他的暗器本來有多絕，他現在的處境就有多絕！

一個人自己精心創研的暗器，全打回自己身上時，那種感受真是不能忍受的。

唐絕現在就是這樣。

他的暗器必死，但又不能馬上死去——只是失去了一切：反擊力、意志力、耐力和忍力，甚至連站立的能力，以及控制便溺淚腺的能力也沒有了。

十月十日，「唐門三絕」中唐絕死。

死地：仝前。

死因：背骨碎裂，共著自己暗器三百六十一枚，共四十一種。

死於：李沉舟、柳隨風。

四日後，川中唐門唐老太太接到如上報告。

柳五看見李沉舟，靜靜地看著，不知何時，已淚流滿臉。

他跪下來，斷臂的鮮血，一滴滴地滴在地上，轉眼成了一大灘，怵目驚心，他哭道：

「老大，你回來了，我又可以追隨您了。」

李沉舟也跪了下來，他恭恭敬敬地說：

「老五，我一直錯怪了你，怕你有反意，以爲你是唐門派來臥底的唐絕，所以才詐死來試你。」

柳隨風垂首道：「是我自己不好，做事必定有什麼衝撞了老大……我自己雖然詭計多端，對幫主卻從不敢欺詐……」

李沉舟過去一手搭著他的肩膀，道：「唉。誰說英雄不流淚，壯士無悲歌？今日你爲我斷送一條胳臂，教我一生難安！」

柳五垂淚道：「老大快莫如此說。」

李沉舟道：「你先起來。」

柳五道：「老大請先起，在下才敢起身。」

李沉舟微微一笑，道：「好。」扶著柳隨風一齊起來。

這時大局已經穩定下來了，宋明珠和高似蘭也到了，兩人力敵慕容小意和慕容小睫，墨家的人雖然明知不妙，卻仍紅了眼睛苦戰。

李沉舟之所以遲至，乃因在莫愁湖畔，裝扮成稻草人，親眼所見，親耳所聞，深悉蕭秋水和趙師容的情厚義重，無限感慨，旋幾乎爲一武功高得連自己都難及項背的高手看穿，幸虧自己早一步先行遁走，才沒被識穿，所以他並不知蕭秋水被人擄劫一事。

李沉舟笑道：「我初時聽秀山說了你在浣花的一役，用的是鋼鏢，殺了和尚大師，我便生了疑心，當今之世，若論暗器，試問又有誰比得上唐門……」

柳隨風苦笑道：「我的確是唐門的人。」

李沉舟著實喫了一驚，詫異道，「你說什麼？」

柳隨風歎道：「我的師父就是唐門耆老『唐公公』。」

李沉舟「哦」了一聲，終於舒下心來，原來六十年前，唐老太爺子歸息江湖後，門戶的事便撒手不理，剩下一子一女，男的便是「唐公公」，女的便是「唐老太太」，按道理說，當然是唐公繼承大業，但唐老太太卻是一個事業心重、野心大的女人，她毫不謙讓，便與唐公大打出手，唐老太太逐走了唐公，便當起家來，近六十年來，江湖上這最可怕、實力強大、潛力極鉅的一家，便自此始，一直是女人當家。

唐公流落江湖五十年，唐公便成了「唐公公」，他的暗器絕技自也非同小可，但始終未敢找唐老太太決一死戰，唐老太太的暗器手段如何，也由此可見。

唐公公鬱鬱不得志，與唐門作對，便等於是攻擊自家人，也說不過去，但他對唐家來說，亦無異是等於深仇大恨，多年以後，聽說他終於遺恨難填，撒手西去。

據說他死前，將生平之大絕技傳了給唯一的徒兒——李沉舟卻未料到「唯一的徒兒」竟然就是跟隨自己多年的拜把兄弟柳五。

李沉舟恍然道：「那你殺和尚大師的鋼鏢，便真的是『客舍青青』神鏢了？」

柳五苦笑道：「哪有那麼好聽，其實是『剋死千千鏢』。」

李沉舟點頭道：「唐老太太創有一種暗器，叫做『千千』，聽說很厲害，這一鏢必是唐公公想出來剋制它的絕技。」

柳五道：「唐老太太還有一種暗器，更加厲害，叫做『萬萬』，我剛才擊炸唐絕的『黑光』，便是專破『萬萬』的『萬一雷震子』！」

李沉舟搖頭道：「可惜它已碎了。」

柳五澀聲道：「所以我的三件法寶，也只剩下了兩件。」

李沉舟笑道：「是啦，武林人傳你三種絕技，還有一種是……」

柳五笑說：「老大又想以一幫來換？」

李沉舟笑道：「確想……」

兩人談得很好，兩人創幫前，天南地北，無所不聊，待權力幫壯大後，倒是隔閡了，鈴束很多，反而絕少有機會這般暢快盡情地聊天。

柳隨風打斷道：「你別說。我不要幫，幫是老大的，我只要跟隨，老大和……趙姊姊。」

李沉舟正色道：「你不要幫也不行。幫你有份創的。幫是你的。」

柳隨風顧左右而言他，故意岔開道：「其實我所謂『三大絕技』，根本就不是什麼『絕技』。」柳五有些惆悵地將衣袍一敞，道：

「你看。」

原來他貼身衣內，還有一件黛綠色的深襖，柳五道：「我師父被逐出唐門，什麼也沒帶走，只有一件『百戰鐵衣』，再厲害的暗器遇到了它，也沒有用，一流的兵器碰著了它，至少也可以卸掉大半的力道。」柳五又將青袍一掩，笑道：

「我便靠得此物，逃過了當時南少林群僧的攻襲，說來真是窩囊。」

李沉舟眼睛都是笑意。他的笑跟已死的慕容世情的笑容，完全不一樣。慕容世情笑起來，像完全駕馭世情的訕笑。李沉舟的笑，是洞透世情的微笑。但兩人的笑容，又彷彿一樣。

李沉舟的笑意，卻跟燕狂徒的幾乎相同！所不同的，也許不同的是一個人喜歡微笑，一個人喜歡的是大笑、狂笑、厲笑！

李沉舟這時笑道：「哦。原來是這樣的。無怪乎唐家的暗器，打不死你。」

柳五道：「不是打不死，只是打不進去。這件鐵衣能解毒破毒，唐宋的暗器再狠，對它也無可如何。」

李沉舟忽然正色道：「這些都是你救命的絕招，你爲何要告訴我這些？」

柳隨風道：「我這些都是爲了老大才有的玩意，不告訴老大，又告訴誰？」

李沉舟垂下了頭，半晌才道：「兄弟，今後天下，我的就是你的。」

柳隨風抬頭，雙目閃著光，毅然道：「不，是趙姊的。」

李沉舟一楞，隨即道：「我們三人的。」柳隨風怔了怔。這時風吹日午，柳隨風有一陣子迷糊。彷彿是很多個夏天以前的很多個夏天，那時他又髒又臭，而且沒有志氣。那天他到那一個榮華富貴的大府第前行乞，自顧自地玩著鼻涕，只這麼一吸氣，兩條青龍又吸回鼻孔裡去了……

正在這時，一隻小貓蹦跳了出來，貓的顏色白絨絨地，眼睛靈動可愛，他和幾個行乞的小孩便去摸，那白絨絨的貓毛便給他們骯髒的手弄得黑一塊、綠一斑的。

這時幾名青衣羅帽的家丁叱喝著走出來，說是找貓，見貓弄成這個樣子，紛紛罵著：

「小雜種，我家小姐的貓，給你們這些小豬玀的手弄成這個樣子，哎也也……」

「他媽的賊種賤小子！這叫我們怎麼向小姐交代……」

「去他娘的，斬了這些賤種的雙手吧！」

這一干人正是作威作福慣了，而今喊打喊殺，捉住幾個小孩子狠命的揍，別的小孩喊爹喊娘，最後哭聲連天，求饒不迭，家丁們也不甚了，趕走他們便算。獨有柳五，他向不求人，所以咬緊牙齦苦撐，兩個家丁狠狠把他揍了一回之後，卻見他咬牙切齒地盯著自己，不禁心頭火起，一人捲袖道：

「好哇！不哼一聲，是英雄好漢了！讓老子打掉你的門牙！」摑了兩記巴掌，柳五忍無可忍，劈面打還對方一拳。那人捂鼻大叫。

其他的幾個家丁，也包攏上來，拳腳交加，那時柳五並未學過功夫，心智已很早熟，但只是渾渾噩噩地過日子，拳腳功夫決及不上這一干人，登時被打得臉青鼻腫，那被他打得鼻血長流的傢伙，要兩人自後捉住柳五的雙手，他扯開柳五的頭髮，就要一拳擂下去——

這時忽聽一女子喝道：

「住手。」

那家丁的拳頭，在半途頓住。柳五被打得鼻嘴齊出血，脖子也幾乎折斷了，他見到有一雙腳，穿著像白貓絨毛一般的鞋子，向他走來。白色紗裙，幾乎沾地。地上很髒，他但願裙裾不會沾及。他不知人的腳也可以那麼好看的。

可是這女子的聲音更好聽。她替他擦去了臉頰的血跡，柳五知道這女子也長他不多，可是他沒立即抬頭看她。而這女子望了他一陣子後，向身旁的人叱道：

「幹嘛打他!?」「他……」

那家丁期期艾艾，卻顯得很畏懼地道：「他……弄髒了小姐的貓……」

「弄髒了就要打人麼？」那女子顯然就是「小姐」，因爲她說：「哦！這是爲我出氣嘛！」在柳五心中，這女子的聲音像他小時無意撞在弦琴上一般清脆好聽。

那些家丁囁嚅道：「不……不敢……」

「小姐」叱道：「不敢還不快滾!?人家將來可是有志氣的好男子！」

家丁們一鬨而散，那「小姐」忽又道：「阿羅，快帶他到後院洗乾淨，交給肥媽媽，帶他來見我。」

那家丁只得說「是」。這時白衣女子往府邸姍姍行去，柳五年輕的心靈裡只覺有一股熱血湧出，幾乎要趴在地上膜拜她。

他少年倔強，既恨人輕賤，也怕人同情，可是這女子既未輕蔑他，也不憐憫他，而說他是「將來有志氣的男子漢」，爲了這句話，他決意一生奮發。

那「阿羅」帶他洗了臉，換了件青衫，他楞楞不發一言，任那家丁擺佈，阿羅心中老大不樂意，以爲這小子土土的，但又不敢有違。

柳五心中卻仍想著那女子的倩影，在她回頭走去時，陽光耀眼，照在那女子薄紗的纖背腰上，可以隱約看到那玉琢一般、羊脂一般胴體。不知怎的，他卻沒有冒犯之心，卻覺心中好生鍾意，好生珍惜，好生敬愛！

——他要見她！他要見她一次！

——只要能跟她在一起，縱死也心甘！

那麼美麗的背影！

這時那家丁把他交給一個胖胖的大嬸，便嘀咕著走了開去。那大嬸正替他換衣服，他卻瞥見門外一輕忽的人影閃過，正是那女子。還是那麼美麗的倩影！

他心頭一陣狂跳、一顆心幾乎從嘴裡跳出來了。

這時一個人卻躡手躡足，走入了房間來。

歌詞 兄弟

這錦衣公子走了進來，張上一張，那胖嬸嬉笑道：「哎呀，姑爺，小姐早從這邊過去啦。」

錦衣公子怪不好意思地笑道：「什麼姑爺，我又還未入贅到你們趙家。」

肥嬸嬸卻道：「說笑說笑，這是遲早的事啦……小姐和你，天造地設一對，不嫁給你，又嫁給誰來著。」

錦衣公子卻笑嘻嘻地走過來，在肥嬸嬸肥厚多肉的手裡塞了一錠亮澄澄的金子，道：

「好嬸嬸，真會說話！這賞妳……」

肥嬸嬸頓時為之眉開眼笑，忙謝不迭地道：「啊也，這太厚的禮啦……」

卻聽「砰」地一聲，柳五站立不穩，額角碰及高架，架上的水盆嘩啦地傾淋而下，淋得他一身濕透，剛穿上去的青衣也成了黛色。

那錦衣公子皺眉道：「這小子是誰……？」

肥嬸嬸生怕錦衣公子不快，也憎厭道：「不知哪來的污糟小子，小姐還要接見他哩。」

錦衣公子不屑道：「把他攆出去。」

肥嬸嬸有些爲難道：「這……」

錦衣公子即道：「小姐是何等身份，怎能與這等下賤的人見面……趕走了他，重重有賞，一切事情，有我姑爺擔當。」

肥嬸嬸登時又笑逐顏開起來，忙唯諾道：「是……是……」

柳五當然不待他們來趕，「呸」了一聲，向地下吐了口唾液，便奔了出去。他雖然受辱，但心裡盡是溫柔的。他一路奔出去，眼裡只見著那光滑如天鵝頸子的肌膚，那紗衫隱透的後背，那秀氣的足踝，那語聲，那音容……他雖然絕了希望，可是決意要此刻做起，做一個絕世的英雄好漢，待自己能配得上「小姐」時，再回來，找她……

他爲了這個意願，他爲了這個信念，而活著。

無論多大的苦楚，他都咬牙忍受。

起先他遇上了唐公公。後來他遇到了李沉舟。

他們一起闖蕩江湖，歷盡了艱辛困苦。

他沒有把這些告訴李沉舟，也沒有勇氣去打聽「趙小姐」的下落。

他只知埋頭苦幹，一面心急：快、快、快，趁青春尚在，亦趁自己意興飛躍時，找到趙小組，以博她爲自己一顰一笑。

後來他們結合了七人，就是「權力七雄」，創幫立道，經歷過不少生死吉凶，大風大浪，權力幫建立了，七人卻死了五人。

而他這時再找到趙府時，趙小姐已不見了。

——趙小姐不肯嫁那錦衣公子，跟另一個全家都反對的人，跑了。

——此後不知去向，下落不明。柳隨風雖然出來。他既沒殺阿羅，也沒殺肥嬸，更沒加害錦衣公子。他第一次放過了罵他「雜種」的人。不爲什麼，只是因爲每次想起「趙小姐」，心裡都有一種甜蜜的溫柔。他要保留跟她見面的一切一切，不管是好是壞，只要這些人活著，他就能證實自己確見過她玉琢般的肌膚和背影。

他時常飄然一身的去見那些曾經瞧不起他的人，爲了能時常勾起跟她見面的情懷。

權力幫愈來愈強，他的名聲鵲起，神丰俊朗，判若兩人，他知道縱碰到「趙小姐」，她也不會認得出那髒如泥鰍一般的小子就是他。但是他此刻權力有了，名聲有了，金錢有了，爲何連一面，只是一面也見不到!?

而她送給他穿的青衣，他還始終穿著。昔日的深黛已褪成了泛白。

後來他終於遇到了「趙小姐」。

——當幫主李沉舟滿臉春風介紹他最喜愛的人兒時。

「趙師容」就是「趙小姐」。

他的心頓時沈痛若鐵纜抽緊，可是他笑了。

他笑著去招呼，趙師容當然沒認出他來。

她當然不知道這人一生爲她而活，爲她而奮發。

柳五這才看清了她，在人群中她清麗高雅如輝照壁明的燭光，而他仍只是當年那骯髒污糟的小泥鰍。

泥鰍只適合生存在水塘底下——所以他也沒讓牠現身出來。

此後他心裡常有這條看不見，觸不及但是也解不開的枷鎖在絞痛著、搐動著他，他行事愈來愈心狠手辣，在他八名愛將中，就有五個是人間麗色的女子，後來還被他殺了兩個……

可是這些都不能使他忘掉一個背影。

那日午間，那個彷彿清晰又模糊的背影……

「老五，」雖然其他幾人死了，李沉舟還是習慣叫他做「老五」：「怎麼你沒有止血!?」說著急戳出指，戳了柳隨風左手斷臂幾處穴道，李沉舟忙著替他包紮，腦後部份，全在柳五眼下，一些微的防守也沒有。

——這在向來大事能決斷、小事能慎防的權力幫幫主來說，可是從未有過的事。

柳五心裡一陣迷亂，終於驚醒，道：「是，我沒想到。」現在只要他一出手，隨時可以擊殺李沉舟，而他現在才明白，自從知道了趙師容是幫主的妻子之後，對李沉舟的忠心效命，其實已經不是對李沉舟了，而是對……

李沉舟沈痛地道：「你爲了我，爲了幫，斷送了一條胳臂……」

柳隨風淡淡地道：「沒有幫，則沒有了我們；沒有了幫主，我們也沒有命。」

李沉舟終於包紮好了傷口，長舒一口氣道：「你也該想到，如果不是我故意放行，他們怎能有這麼多人闖過『花園』來？」

柳五的雙眼也終於從李沉舟的「玉枕穴」上離開，也舒了一口氣，道：「是。沒想到……」

李沉舟望了一眼，笑了，笑如遠山，他說：「你在想東西，是不是？」他的眉毛如雲霜一般地挑揚，道：

「從開始起，你就一直在想東西，……能不能說出來，讓我們一起來解決？像往常過去那一切並肩戰鬥的日子一樣？」

柳五也不知怎地，迷茫中竟沈肩卸去他搭住自己膊頭的手，道：「一生裡總有些戰鬥，是一個人打的。」

李沉舟也不以爲忤，淡淡笑了笑，目光又變得遙遠起來：「師容也該到了……」

柳五乍聽了這句話，腦子裡「轟」地一聲，立時清醒了起來，整個臉頰也燒般的熱，又猶如冷水濕背，驀然一驚！

——李沉舟這句話，是有意還是無意？

——難道一切都瞞不過李沉舟!?

就在他驚疑不定的時候，在「刀王」與「水王」戰團中的墨最，遽然撲了過來。

他撲過來的時候，李沉舟正在照顧柳五的傷勢，背對著他，墨最一刀就斫了過來。

他用的是刀鞘。

可是他的刀鞘比真刀還沈猛、快厲！

這一刀是墨最畢生功力所在——墨夜雨曾經說過，若他空手，也未必能接得下墨最這全力的一刀。

柳五卻知道，墨夜雨接不下，李沉舟卻一定接得下。

一個人能跟從一個人那麼久，這是起碼的信心。

李沉舟果然接得下。

他回身就是一拳。

他一拳打去，墨最漆黑的刀鞘立時捲了起來，曲如廢鐵。

李沉舟向來不相信任何武器，他只相信他自己的拳頭。

拳頭長在身上，不像兵器一般，要隨時攜帶；而且使用拳頭，要有很大的勇氣和決心，因爲拳頭不似其他的兵器，可以棄置，所以出拳時抱著必勝的決心和必死的勇氣，這勇氣使他出拳更有力量。

他的拳無往不利。

墨最的臉色變了，變得跟他手中扁曲的刀鞘一般難看，就在這一剎那間，「水王」鞠秀山已到了他的背後，雙袖一捲，已勒住了他的脖子。

但就在他的衣袖未抽緊時，墨最畢竟是墨家子弟的猛將，他猛旋身，反而向袖袍旋入，直撞進鞠秀山的懷裡，他那把只有柄的刀，居然也是武器，直戳鞠秀山的小腹！

李沉舟一閃身，閃電般伸手，已扣住墨最的脈門！

就在他扣住墨最脈門的剎那間，他陡然一震！

這人的內功，精湛至極，遠勝他所表現的武功！

——怎會如此？

——必有圖謀！

但就在這霎息之間，驟變已然發生！

急風響起背後！

發暗器的人；離自己不到兩尺！

暗器有暗器的範圍，在一定的距離內，暗器又快又疾，才能發揮，如果太遠，根本力有未逮，形同無效！

太遠還不是暗器能手的死敵——因爲就算太遠，一個暗器能手可以設法拉近距離，而且發暗器的人手勁必比一般武林人強得多——而且距離愈遠，自己愈是立於不敗之境。發暗器的人永遠不怕對方與自己離得遠，可是卻怕離得近，太近！

暗器若失了距離，便成了無力的死器！

許多暗器只能在距離的空間才能有存在的價值。

若對方與自己距離太近，則伸手即可以攻襲自己，暗器到了這個地步，可謂一點用處也沒有。

可是那放暗器的人，顯然已完全克服了這個暗器本身的缺點。

這缺點一旦克服——短程的暗器，則根本無法閃躲，也無人能閃避的。

在這麼短的距離裡發暗器的，只有一個人：就是李沉舟此刻正在救援中的鞠秀山！

就在這時，墨最的所有內力，全然發揮了。

他一運力，全身衣衫，竟成破帛碎縑，他整個人，也似暴漲一倍！

他兩手藍印印地擊來！

李沉舟見過所有「朱砂掌」、「黑砂手」、「大手印」、「勾魂手」，但從未見過藍色的掌勁！

這一下，背腹受敵，而且攻擊者的武功，都絕不下於唐絕！

李沉舟在那瞬息間閃過千個百個的念頭，但他一時卻無法做任何一項行動——因爲來不及！

太快了。

就在這雙眼一眨的刹那之間，一聲清叱，一條飛絮，捲住鞠秀山打出的五枚金鱗片，但就在這時，那一掌，已「砰」地擊在李沉舟胸膛上！

李沉舟大叫一聲，藉力後退，「砰」地撞中鞠秀山，兩人一齊向後飛退出去！

可是那藍印印手掌，居然脫離了墨最的左手，急追李沉舟！

墨最一直用右手執他的刀，所以別人也一直注意他的右手，他的刀，卻不知他的左手，他的左手居然是假的，而且竟是一件暗器！

李沉舟大喝一聲，陡止身形，急遽一蹲！

「嗖」，藍手打空，直射鞠秀山！

鞠秀山身手也不弱：他雖給李沉舟撞中，但依然一個大仰身斛斗，那藍手也擦身而過！

這時李沉舟和鞠秀山都跌在地上，人影一閃，一人飛舞如龍繡縑，撲向鞠秀山！

柳五猛然一震！

他又看見了那倩影。

那旋舞高眺秀美的胴體！

——趙姊……趙姊來了！

鞠秀山一落地，十二片金魚鱗片又飛打而出！

趙師容無他法可想。

鞠秀山能在如此短程中發射暗器，趙師容的絮帛卻無法在短距離中接下暗器！

而且是「金魚鱗片」！

更且金鱗散佈，三片打頭，四片打胸，五片打下盤在右側鋒。

「金魚鱗片」在四川唐門也只有一人能使，一人會使——那便是神出鬼沒的殺手唐君傷！

趙師容的武功驟然恢復，是因爲她看見了李沉舟！

——李沉舟未死，李沉舟不能死！

她心中喊著這樣一個聲音：幫主幫主你不能死……這個她不知爲什麼，產生了一種不止情愛，還有父兄之愛的人！這個她在對著月兒的陰影默默許願，就算不能相依也誠心祝他永遠幸福快樂的人！

趙師容別無他念，她撲下！

向十二片金鱗攔去！

她決意以身代李沉舟去抵擋這十二片死亡令！

她聽到了金鱗片割肉之聲，和「玎玎」地反彈聲響；她卻沒有感覺到痛苦。

因爲一個青衫人撲到了她的身上，覆蓋住了她。

那十二道追魂鱗自然也嵌入了青衫人的身上。

他也不覺得痛苦。

也許唐門的暗器只有死亡，沒有痛楚。

縱死亡也是輕柔的。

他終於碰到這背影，而且和身覆於其上，心中有一種溫柔的感覺：——他一生自認爲怙惡不悛，卻未料到今日也有溫柔的感覺。

他想喚一聲：「趙姊……」這一想說話牽動了肌肉，他才知道，有四片金鱗，打在他身上，被『百戰鐵衣』彈走，其他八片，有兩片不中，另外一片中他左踝，一片中他右腿，一片中他宂骨，一片僅僅擦中了他下腹表皮，還有兩片，一片切中他的後頸，一片嵌入他右頰。

他才一動，血涔涔下。

血是淡灰色的。

他笑了。

——爲幫主斷臂，爲趙姊死，他無憾。

「唐君傷？」——自己死在這唐門一等殺手手下，也不枉。

只是他想說話，告訴趙姊他就是那個野孩子，那個「將來有志氣的漢子」，可是他說不出話來。

他已一句話都說不出來。

李沉舟本來只要緩得一緩，便可以制住鞠秀山——鞠秀山的「十二金鱗」雖快，但他的拳頭更快！

他之所以比鞠秀山慢那麼一剎那，是因爲他中了墨最的「一掌」。

那一掌他雖藉力後躍，並將掌力的一半轉到鞠秀山身上，可是毒力卻使他反應遲鈍了一下。

只是一下而已。

就算李沉舟只遲了那麼一下，也僅是那麼一彈指間的六十分之一而已。

他的拳已揮出。

他要救趙師容，卻來不及。

一個青衫人擋住了趙師容的身子。

這時李沉舟的拳頭也打碎了「鞠秀山」的頭。

「墨最」一擊不中，便看見李沉舟和「鞠秀山」跌了出去。「鞠秀山」先出手，卻給趙師容截下。「鞠秀山」向趙師容出手，但給青影所擋，然後李沉舟揮拳，「鞠秀山」也倒了下去。

「墨最」立時作了決定：

走！

唐門這次蓄勢已久，作出近六十年來最名動天下，預謀最久的一次暗殺，居然失敗，他也沒話可說。

暗殺是摧殘偉大生命的事，「墨最」覺得一陣顫慄的美麗，毋論成敗！

而這時李沉舟也大叫出聲：

「柳五！」

他的聲音悲愴若淒風厲雪。

歌曲　妻子

趙師容這時也發現以身子替她擋過這段災厄，原來是柳五。

她一直以爲柳五會似數百年前幫會中的「律香川」，獲得幫主「孫玉伯」的信任和重用後，然後殘酷歹毒地背叛他，她一直感覺到柳五有事隱瞞著她，而且很多次在李沉舟背過身去時，柳五的眼神閃露出一種刻毒的深沈。

——她卻不知道那隱瞞是情感，那刻毒的深沈其實只是柳五的痛苦淵藪。

而今她親眼見到在丈夫的「靈堂」前，苦戰到最後一人的，是柳五：柳隨風！

柳五流著灰血，看向她時，她忽然明白了許多事！

這眼神，她見過！

接近垂死，但無哀憐。

在很多很多年前，彷彿有個夏天，彷彿有個被揍而不屈的少年……那時她的訂親夫婿周感還像夏日令人討厭的蒼蠅般地纏著她……

這時人影一閃，李沉舟已搶過身來，扶起了柳五，她從側邊望去，丈夫的手是顫抖的：幫主的鬢角，已經些微有斑白的霜意了……

她忽然覺得哀傷欲絕。

墨最決定要走的時候，是在他發現暗算失敗，心裡立刻檢討了失敗的原因：「暗殺」通常都是出人意表的奇襲，他們所安排的不過只是更精妙一些而已，但這對李沉舟、柳隨風這些高手而言，「奇襲」成了常態，他們一向能很熟練的運用一些方法粉碎奇襲的效果；而且施以「奇襲」的人心裡往往自以爲算無遺策，仗賴一擊得手，易致疏虞，一旦失手，反易爲對方所趁。

所以他立刻決定要走。

就在他掠起的同時，他乍見李沉舟的側臉。

那傷痛的、沈悲的側臉。

——會不會因爲傷悼於柳五之死，李沉舟失了鬥志呢？

「墨最」不禁稍遲疑了一下，這一下又瞥見了趙師容。趙師容雙膝跪在李沉舟身側後一些，雙手置在膝邊，幾綹秀髮散垂在玉也似的臉頰。

——會不會她也喪失了平日的機敏？

「搏殺李沉舟、趙師容、柳隨風」，不管是其中任何一人，如若得手，都足可名動天下！

這不由得「墨最」不怦然心動，何況這個「行動」已完成了一半——「鞠秀山」已死，若此行動的另一半，由他來完成，唐門的大權，就很容易從大哥處奪來。

——「墨最」決意一搏。

在這瞬息間，有一個糯脆而清定的聲音叱道：

「二叔！」

四川蜀中唐門的老二是唐燈枝。

唐燈枝有個優雅的外號，叫做「佛手千燈」，「千燈」是他的暗器，「佛手」也是他的暗器。「佛手」便是他的一條左臂。他把整條左臂切掉，換了這樣一個隨時可以脫離身體飛襲敵人的「怪手」，而且布滿了毒。

一個人能把自己一隻手切掉，來變作一樣暗器，這暗器的價值也可想而知了。

李沉舟大意著了他一下，已沾上了劇毒，但李沉舟的內力，非同小可，又藉勢將「佛手」的勁道轉傳到後面「鞠秀山」的身上，「佛手」的毒力滲不透李沉舟的內臟，不過李沉舟也因毒力而內力大損。

李沉舟中毒不深，只是他傷悼於柳五之以身救護，反而沒護住心脈，——唐燈枝也看出了這點，所以他正要冒險一拚。

卻突然聽到那一聲叫喊。

唐堯舜、唐燈枝、唐劍霞、唐君傷、唐君秋，被稱爲「唐門五大」。唐門的一切外務內政，都是由這五大高手主持，除繼承「唐老奶奶」的「唐老太太」，已青出於藍而猶勝於藍之外，或者傳說中有其人的「唐老太爺子」外，這五個人是唐門中最有權力的五個人。

年輕一代的高手，當然以唐大爲最有號召力，唐朋交遊最廣闊，但武功最高的三個年輕高手，卻是唐絕、唐宋和唐肥。他們三人的武功，尤其唐宋和唐絕，絕不在「五大」之下。

然而唐老太太最寵愛唐方。

唐老太太是繼唐老奶奶之後的唐門中最有權力的女人，同時恐怕也是武林中最可怕也最神祕的女人。她的性格詭祕，出手向無活口，蜀中見過唐老太太的人，一提她的名字，瞳孔睜大，雙腿發軟，不敢反抗。

唐方不喜歡「權力」，但唐老太太的權力無限，她所喜歡的人，那人無形中也有了「權力」。

唐門看重輩份，但更注重武藝的高低，唯這兩種作用，都比不上唐老太太的頷首或搖頭。唐方被「蛇王」所傷後，唐老太太爲她親自療癒。誰都知道唐方是唐老太太最疼的人。

唐方的父親是唐堯舜，唐堯舜又是「唐門」唐老太太以降，最能作主的一個人，唐方此時適至，喊這一聲「二叔」，唐燈枝不禁一怔。

唐方自己卻也不知道爲什麼要這樣喊，她跟趙師容飄然入廳，已驚視怵目驚心的情景，唐門的人，皆已發動，接著下來柳五、四叔齊齊踣地，李沉舟、趙師容悲慟莫名，而二叔就要出手——這瞬息間，唐方腦中的許多事情紛至沓來，又豁然而通，但又大惑不解：

——她明白了爲何唐老太太開始不准她來，後又予她跟蕭秋水相見之故了；若她與蕭秋水重逢，必有幾天歡聚，那便管不了「權力幫」的事！

——如蕭秋水不出手，權力幫在慕容世情和墨夜雨虎視眈眈，難以卵存，而且唐門此役，足足出動了唐土土、唐絕、唐宋，還有唐君秋、唐君傷、唐燈枝等高手，是旨在必得的。

——豈料李沉舟、趙師容、柳隨風的機智武功，還是遠超乎唐老太太的估計。

——可是自己因要暗中窺探蕭秋水和趙師容在一起的情形，所以沒讓蕭秋水知道是自己來了：可是蕭秋水又因何不來呢？

——當唐燈枝要出手時，唐方知道自己萬萬不能違背門規，向敵示儆但旋即又想起，李沉舟、趙師容都是蕭秋水的朋友，自己該不該示警呢？

說時遲，那時快，唐方已無暇細思，便叫出聲來。

唐燈枝稍稍一頓。

趙師容已然醒覺。

她起來。

她不是站起來、也不是跳起來，卻是「飄」起來。

像一朵雲般「浮」了起來。

唐燈枝一看，眼瞳收縮，他知道八成把握已只剩下了五成。

——他只有五成把握能殺趙師容。

——沒有八成把握的事，他絕不做。

——何況還有隨時恢復神智的李沉舟！

——而且他的「佛手」已發了出去，收不回來了！

——他從來不會算錯，而且凡估計勝負，絕不一廂情願。

所以他立即就走。

而且抓了唐方就走。

這次再不猶疑。

柳隨風覺得下身已失去了感覺，他下半身像藏在雲裡，飄在雲端，風和日麗，美麗倩影……然後綠意一蕩，好像水邊的一縷柳絮，拂醒了他……

隨來的是他腰際一陣刺痛，連胸腹間也麻木了，沒有絲毫感覺了。

他覺得很悲哀，那兒時貧窮的夢魘又出來了：他想呼喊，想說話，可是發不出聲音。

他的下顎已不能動了，很快的舌頭也在脹大中，他知道自己快要死了，只要這麻痺超過了額頂……

他現在一定很難看了……他想，不自覺地又掉下淚來。那過去的種種奮戰、惡鬥，一幕一幕地，湧現在他眼前。

那玉琢一般的背影，永遠高雅，他永攀不及，那犬吠聲、孩童聲、岸邊的水柳……他一生都再也不能企及了……他只聽李沉舟道：

「五弟，趙姊愛的是你。」

柳隨風一震：怎麼!?真的!?又想：他怎麼知道!?——自己什麼都瞞不過他!?他爲什麼要這樣說!?真的嗎……他心頭一陣喜、一陣驚，麻痺這時已到了腦部。

他一陣昏眩，又覺一陣無由的辛酸，覺得歡喜……趙師容這時霍然回身，柳五覺得可以接近她了，然而又看不清楚……他想說「我很歡喜」，可惜他已說不出話來了，一個字都說不出，卻有一個淡如柳絮的笑容——

他死了。

趙師容霍然回身。

李沉舟把臉埋在柳五剩下的一隻手掌裡。

趙師容顫聲道：「你……你爲何這樣說……!?……」

李沉舟在柳五掌中語不成音：「我……要他安安靜靜的離開……」

趙師容顫著走前兩步，「你……你知道我不是……」

李沉舟在掌中抬頭，兩道眉如遠山的雲龍，一揚，注目道：「我知道不是。」

趙師容這才舒下了心。李沉舟又道，沈痛地道：「他一直是我的兄弟，好兄弟。我懷疑錯他了。」

趙師容黯然道：「我也看錯他了。」說著一推，「喙」地一聲，竟在「鞠秀山」的臉上撕下了一層膜，趙師容赫然道：

「這人不是鞠秀山！」

李沉舟沒有動容，道：「水王早就死了。如果他是秀山，就不會在演戲時拏『虎婆』的頭給我了，他跟我這麼多年，斷不會連這一點點也判斷不出來。」

趙師容驚魂未定，道：「那……這人是誰?」

李沉舟悲痛恨切地說：「便是『毒手王』唐君傷，他不但會殺人，而且精於易容，臉上那層皮，卻確是秀山的。」

他跪在那裡，說：「唐門！我們一直忽略了蜀中唐門！今日權力幫已是強弩之末，朱大天王那兒也好不了多少，我們互拚的結果，卻是唐門日益培養實力、坐大的時候！」

趙師容點頭道：「我們對唐門，一直是低估了。」

李沉舟忽然一聲大喝：「住手！」

這時慕容小意和慕容小睫，與宋明珠、高似蘭仍然勢均力敵，而兆秋息以一人之力對抗墨家八人，雖最厲害的「墨最」不在，但也已險象環生了。

李沉舟這一聲喝，也沒特別響亮，但全場的人也不知怎地，爲之震住。慕容小意和慕容小睫也不知怎地，呆立當堂，終於垂淚抱起了慕容世情的屍身，掉首而去。

從此慕容世家幾一蹶不振，直到百數十年後始能恢復局面。

至於墨家在場的子弟，被那一聲喝，不由自主地停了兵刃半晌，其中一人叫墨統，最爲剛介，他運氣撐叫道：「幹嗎要聽這人的話，我們要爲『鉅子』報仇！」另一個使三叉矛的墨乾也嚷道：「是呀——」

話未說完，人影一閃，「砰砰」二聲，他們手中兵器都被打得鋒口反捲、歪曲變形。

李沉舟沈聲喝道：「走！快走!!快快回去，丟掉兵器，歸隱江湖，否則就像你們的『鉅子』，或我的兄弟，倒在地上，永埋黃土！」

墨家子弟本都是百折不撓、足不旋踵的子弟兵，也不知怎的，給李沉舟這一喝之威，都垂下了兵器，看見地上墨夜雨的屍首，又看見殺墨夜雨的柳五之屍首，墨氏九雄中的墨軍默默地走過去，橫抱起墨夜雨的屍首，默默地踱了出去。

其他的墨家子弟，也跟著垂首默默地魚貫行了出去。

大廳中只剩下了「紫鳳凰」高似蘭、「紅鳳凰」宋明珠，以及「八大天王」中碩果僅存的唯一「刀王」兆秋息，他們看著柳五的屍體，只覺手足冰冷，心頭發寒。

——權力幫一直都有柳五在。五總管在時，十分可怕，他們對之十分畏懼，因爲這人不但會知道你所作的是什麼，更可怖的是，他還可以知道你想什麼。

——可是五公子一旦死了……權力幫還是不是權力幫呢？這人雖然令人提心吊膽，但他們從未試過他不在的幫中生活。

——柳隨風不在，權力幫會不會倒？

他們正在想著時，李沉舟也在想：以前他跟幫中的人聯繫，或頒發命令、交待執行，都由柳五轉達，候命或執行，使他避免很多直接的衝突，不必要的磨擦：——然而如果沒有了柳五呢？

他也不知道情況會怎樣，因爲他也沒有試過。

他用「死」來試出柳五的忠心——當他「活」了過來時，柳五卻死了。真的死了。他這個試驗代價未免太大。

兆秋息這時震驚地道：「唐君傷冒充鞠水王，想必有段時間，我還看不出來，真是像極了。」

宋明珠道：「唐門要冒充『水王』，定必用了很多心思，而且花功夫來觀察他平日一舉一動，並派遣唐門如此大將深入虎穴，所耗的時間心力不可謂不大。」

高似蘭道：「而且計劃必定在極早……不但在『權力幫』中伏下此殺著，竟然仗了鞠秀山，把假幫主的遺體換上了唐絕，只等幫主一旦出現，他就出手偷襲，只要幫主真的死了，他就可以名正言順當幫主，真是何等絕計！連墨家大弟子『墨最』，也變成了唐燈枝，如此早有預謀……」

趙師容點頭道：「如此苦心孤詣，隱忍多年，所謀必大。……可笑我們這些年來還是目見毫毛而不見其睫！據悉最近金兵請動了那三個老魔頭，我們還得慎防是要。」

李沉舟問：「是萬里、千里、百里那三個魔君？」

趙師容臉有悒色，道：「這三人當年曾被燕狂徒逐出關外，而今只怕燕狂徒也未必是其所敵。」

李沉舟卻問了一句：「蕭秋水怎麼不來？」

趙師容心頭一震，臉上宛似無事地說：「按照道理，他知你出事，沒理由會不來的。」

李沉舟問：「他會不會已是唐門的人？」他知道他妻子心弦震盪，這卻並不是「看」出來的，而是「感覺」出來的，因爲他妻子愈是裝做若無其事時，愈是美麗。

趙師容道：「他和唐方？」李沉舟點點頭，「嗯」了一聲。趙師容婉然笑道：「不會的，怎會？唐方只告訴我她是唐方，我們便一道來了……他不知道青衣人就是唐方，若他知曉，才不會讓她跑了……」說著又輕笑起來。

李沉舟看著他的妻子，有些迷糊，可是他說：「如果蕭秋水不是幫唐門那一邊，以他的性格，是不會不來的。」

趙師容爲之一怔，半晌才說：「但若蕭秋水和唐門是站在一起，那適才唐方斷無理由喝止唐燈枝的行動。」

李沉舟也爲之一楞，沈吟一會，還是說：「不過以蕭秋水的武功，照理沒有人能困得住他，使他不能前來的。」

趙師容也一陣迷茫，喃喃地說：「就算他不能來……他『神州結義』的兄弟也總該會來……」

就在這時，外面忽然傳來囂鬧聲，以及打鬥聲，趙師容仔細聆聽了一會，臉露喜容，說：

「他們來了！」

這時李黑一面打一面大呼道：「趙姊、趙姊……妳在哪裡!?」

趙師容匆匆應了一聲，向兆秋息問：「外面是誰當值？」

兆秋息即答：「是盛江北。」

趙師容笑靨如花，道：「難怪，他們是宿敵。」便要向李沉舟請准出去，李沉舟靜靜地道：

「你們都出去罷，我這也要在這兒靜一靜。」

趙師容、兆秋息、高似蘭、宋明珠等都出去了，外面的打鬥聲，很快就息止了下來，換而代之的是溫言說笑的聲音。不過李沉舟知道，蕭秋水並沒有來。他並不是因爲沒有聽到蕭秋水的聲音，才下此判斷，而是他感覺得到，蕭秋水並沒有在。有些人縱然你看不到他的人，聽不到他的聲音，你還是感覺到他在的，不說話卻有千言萬語，未看見卻碩大無朋，蕭秋水就是這種人。

——蕭秋水爲什麼不來?

難道他看錯了蕭秋水嗎?李沉舟如此尋思:他是第一個看好蕭秋水的人，不過也很可能第一個看錯了他!

——蕭秋水。唐方。

——唐門的人!

李沉舟跪下來。在他身體已開始僵硬的兄弟朋友的屍首旁跪了下來，然後輕輕握住了他的手。

他好多年沒握這一雙爲他一直伸出來而等待的手了。他握住的時候，才發現那手只剩下了一隻，才發現室外的太陽金黃澄澄的，葉子也轉枯了，再過不多日子，就快下雪了。

柳絲拂在江南岸那邊。

這邊欲雪了。

他這時想到的，倒不是跟柳五出生入死的情景，在腦海中偶然一閃而逝的，是些無關輕重的片段：在他還沒有成名的時候，他去拜訪一些名家，隱忍藏鋒，受那些人的忽視與奚落，柳五在一旁，歷歷在目，都曾看見過，但沒有安慰他，亂髮綹覆於額上，臉色消沈了下來。又在他藉藉無名的時候：訪謁一些前輩，使他們慧眼識重，推許莫己，柳五也沒說什麼，但眼睛發著亮，好像在說：這就是，我的老大……

想到這裡，李沉舟心頭始覺一陣辛酸，正式感覺到：柳五死了，他是最寂寞的……

幫中的人，背叛的背叛，變節的變節，異離的異離，戰死的戰死，以後說起權力幫苦鬥的歷史，後人也所知不多……一生的奮鬥，彷彿也湮遠了，這樣的一位兄弟，也已經撒手塵寰了……

……人生真是寂寞如雪。

稿於一九八〇年七月十九日赴港行旅中

校正於一九九三年九月廿三日至廿五日

電影「殺人者唐斬」今正式上映／KW小氣大衝突／康（胃）膽痛入院，幸無大礙／開用自成一派新信箋／麗池母女來FAX風趣友善／廣告刊出可觀／達明王傳真交待大陸版稅事／彭覆信致意／慶均俠兄通知①令狐予「新書周刊」發表：「溫瑞安與古龍不同之處」②昆明張勇，湖北沈鴻濱來信支持③年底將推出「血河車」＋「六人幫」④匯出七種書款⑤討論長銷熱度／何大人返元朗／多影評宣傳／「一團春」電告又有辭典收入我之資料／胡家寶讚許撰文／四七大爭吵

／晴曰：相交三十餘年來，未嘗見巨俠瞌睡、睏過
修訂一九九八年一月十八、十九日大沈悶期間／各方無訊息，枯守奮戰於珠海／何方返港，一為證，一回家辦公屋事／波信有失大罵宋／念恰來電，遇葉，歎大家交情，重看相片多感慨，幸由我接，慰之化解

第五折　英雄不寂寞

春　飛將軍

——蕭秋水爲何不赴權力幫之難？

他跟權力幫雖曾係死敵，但在峨嵋金頂一會中，李沉舟對蕭秋水有知遇之恩，而且以蕭秋水俠烈性情，斷無可能任由趙師容回去孤軍作戰。

——何況那時蕭秋水也在懷疑柳五柳隨風是否不忠。

一切的理由只因爲蕭秋水被擒，動彈不得。

誠如李沉舟所言，這世上能困住蕭秋水的人實在罕有。

可惜他還是算漏了一個：

燕狂徒！

不過燕狂徒縱要蕭秋水束手就擒，也是要到五百招以後的事。蕭秋水的「忘情天書」、「少武真經」不是白練的。他的武功已在柳隨風之上，與李沉舟已近仲伯。

燕狂徒並不知道。

可是他知道蕭秋水倔強性格：在當陽城一役，燕狂徒方知此人是寧可被打死而不可以屈服的。所以他一上來，便用突襲，制住蕭秋水。

蕭秋水，乍見唐方在的激動時，爲燕狂徒所制，直到現在，燕狂徒猶未知蕭秋水的武功已非昔可比。

燕狂徒是武林奇人，卻不是什麼前輩風範的高人，他向來不拘禮俗，抓了蕭秋水就走，也不計較出手時是否正大光明。

他點了蕭秋水的穴道，提著他狂奔了一陣，這一路奔去，蕭秋水心中自然急得要死，終於到了一處峰頂雲境，坡路上山的所在，燕狂徒忽然停下，道：「我要解手。」把蕭秋水向大石上一放，獨自在路邊解起手來。

蕭秋水的穴道被燕狂徒重手封閉，啞穴卻未封塞，只是燕狂徒一路急奔，風湧激烈，使他無法開口而已，如今一旦得歇，燕狂徒把他重重一放，撞得遍體生痛，但也顧不得如許多，叱道：

「燕狂徒！你這是什麼意思!?快放開我——」

燕狂徒側目斜睨道：「幹嗎？你也要解手麼？」說著把雙肩一聳，打了個冷顫，已解手完畢，拍拍手走回來，道：

「你要小解，我替你扒開褲子，就解在這裡好了，你要大解，就解你左手穴道，總要擦擦屁股的。」

蕭秋水氣得大罵出口：「你沒膽放開我是不是!?枉你為譽滿江湖的前輩！」

燕狂徒火般的眉毛一揚，呵呵笑道：「這個『譽』麼？不提也罷！江湖上的人，見到我就要殺，這個臭名，我可擔當不起！你要殺我，枉費唇舌而已！我不放你，怕你這人驢子脾氣，打不過人，便要自殺，我留著你還有用！」

蕭秋水為之氣結，但靈機一動：又道：「我保證不自殺，有話公平的談，你先放開我好不好？」

燕狂徒笑道：「你用什麼法門都騙不倒我，我已經制住你了，還用得著冒這一個險？萬一你自絕經脈，我出手再快也沒用，我才不上當哩。這又有什麼公平不公平的，昔日各大門派外加權力幫和朱大天王的人一起暗殺圍剿我，我也沒討還公道兩字！」

蕭秋水禁不住又罵道：「我只悔當日不該放了你這瘋子！」

燕狂徒大笑道：「好！好！好！妙！妙！妙！長板坡之役，又有誰叫你來救我!?

如今不救都救了，所謂君子施恩不望報，你重提此事，是要我報答你麼！哈哈哈……你既救了我，我便會報答你，我帶你去，也爲的是報答你啊，這自有你的好處……」

蕭秋水「呸」了一聲，平時他也不致如此毛躁，只是他急於要找唐方，便心頭火起，道：「誰希望你報答！快放開我，我要找唐方……」

燕狂徒「哦」了一聲，故作狀道：「唐方麼？就是那個穿著青衫戴面具的小姑娘啊……嘿嘿嘿，待我趕過去先把她一刀宰了。」

蕭秋水知燕狂徒的個性，有什麼不敢做的，連忙噤了口，燕狂徒知道生效，又狠狠地加了一句道：「你再想溜，我就殺了她，一定殺了她！你只要跟我去，那我就不爲難你，連『天下英雄令』也還給你！」

蕭秋水痛苦地道：「我不要你任何東西，但你不能碰一碰唐方！」

燕狂徒大喝道：「好！君子一言——」蕭秋水道：「就怕你言而無信！」燕狂徒雙目暴睜，道：「我燕某別的不講，但無信用，則非人也！」說到這裡，也許是因爲動了真火，還是別的原因，忽然間臉如紫金，全身抖哆，大口喘息了一會兒，才算恢復過來。

蕭秋水也不想把話說得太絕，便見狀，說道：「只要你言而有信，要我去的地方不傷天害理，我陪你去，絕不逃走，你又何必制我穴道!?」

燕狂徒稍稍平復，怪眼一翻道：「你的人我信得過，我點你穴道倒不是怕你逃走，而是不要你出手。我燕狂徒做事，向不要人助手，也不要人多口！」

蕭秋水詫問：「那你要我一道兒去做什麼？」

燕狂徒雙瞳閃過一絲淡淡的蒼涼，道：「第一個去的地方，有你在，效果可能比較大些……」

蕭秋水奇道：「我不出手，也有作用？」

燕狂徒不答，卻喃喃道：「至於其他兩處……卻連我自己也無十成十的把握……假如我死了，他們也必有大損折，你要逃走，大概無礙，那我就要告訴你一些話兒，而且要你將這些話轉告給一個人聽……」

蕭秋水道，「總共要去三個地方？」他心弦大震，連武林第一奇人燕狂徒都沒有把握戰勝的戰役，究竟是什麼樣的戰役？燕狂徒想要交代他些什麼話？要告訴給誰聽？

燕狂徒默默地點了點頭，背負雙手，望向遠山。

蕭秋水不禁又問：「哪三個什麼地方？」

燕狂徒笑了一笑，舒伸了一下筋絡，道：「我們先上臨安府，官道旁的『關帝廟』去。」蕭秋水卻注意到他一雙白眉，始終未曾舒展。

燕狂徒說著又提起蕭秋水，狂奔了一陣，這時一彎新月，已掛梢頭，燕狂徒奔至一處廟前，其時秋風勁急，落葉蕭蕭，破落的殘廟前只有枯樹寒椏一株，燕狂徒道：「臨安府的人夜夜笙歌，奸人當道，在邊城馬革裹屍的軍將們是白死了；這時候誰來拜祭關二爺！」

蕭秋水聽得熱血沸騰，覺得燕狂徒這人雖似癲佯狂，但有時說的話，頗有道理，只聽燕狂徒又唏噓道：「你是正當英壯，像棵春天的樹一般；而我，卻是寒秋了，再一次雪降的時候，就要掩埋了。」

說到這裡，忽然向天大笑起來，只聽「噗噗噗」一連急響，無數勁風掠過，蕭秋水大喫一驚，只是驚起一樹烏鴉，向晚天黑幕飛去。蕭秋水不禁心頭一寒，正待相詒，燕狂徒忽低聲喝道：「噤聲！」「颼」地快如流星，閃入古道旁草叢之中。隔了片刻，蕭秋水便聽到馬蹄急奔之聲。

只見兩匹紅鬃烈馬，直向「關帝廟」馳來。馬上的人裝束隨便，布質粗糙，而且都無馬鞍，因為奔馳速度極快，身子與馬背幾乎貼成一條線，兩人都雙手緊緊抓住馬鬃；兩人方到廟前，馬人立而止，烈馬長嘷聲中，兩人已翻身下馬，對著破廟，「噗噗噗」叩了三個響頭。

蕭秋水在月光下看出，只見兩條大漢，眉粗目亮，神威凜凜，燕狂徒卻低聲咕嘀道：「糟糕，糟糕，這時候卻叫這兩個混帳小子毀了我的大事！」

卻見一人臉有青記，叩拜後，目注「關帝廟」道：「關二爺，您老人家義氣忠肝，名耀千古，咱兄弟今番來此，只求了此心願，只要能保住將軍，我練家兄弟，縱受千刀萬剮，也心甘情願！」他幾句話說下來，也不如何響亮，卻說得無比真誠。

另一留絡大漢，沒有說話，卻緊緊抓住腰畔鋼刀，手背青筋凸露。

就在這時，有一陣清脆的鈴聲：「叮鈴鈴、登鈴鈴」地近來。蕭秋水不禁稍稍皺了皺眉頭，因爲這響亮的鑾鈴聲，跟這破廟肅煞的景象很不調襯。只見燕狂徒的側臉，火燒般的眉毛一揚。

這時那兩名姓練的大漢，相互望了一眼，留絡大漢道：「來了。」

青記大漢十分精悍矯捷，「嗖」地拉鬍鬚大漢閃入了右邊草叢之中，只露出兩雙銳光炯炯的眼睛，注視廟前的情形。

不一會「叮鈴鈴，叮鈴鈴」的聲音近了，還夾雜著繁沓的步履聲，馬蹄聲。不一會，官道上出現了三匹馬，前後簇擁十幾個著緊身水靠的人，瞧他們熟練矯捷的身手，一看就知道是訓練有素的武林中人。

而那三騎卻迥然不同。中間的人，馬馱金鞍，氣派非凡，韁轡皆飾珠光寶氣，馬上的人，披金色披風，臉窄而長，兩顆眼睛如綠豆一般，皮膚又黃得近褐。馬鞍子上繫了個鈴鐺，每走動一步，鈴鐺就一陣輕響，使得馬上的人，更加神氣。

他身旁左右兩人，就完全被這人的貴氣比了下去。左邊一人，騎的馬混身漆黑，只有尾白如雪，腿高臀壯，是一流驃馬。馬上的人，赤精上身，肌肉如樹根盤結，光頭盤辮，目若銅鈴，唇薄如紙，坐在馬上，像一座山一般。如此看去，金披風者是女真族人，而這人則是蒙古勇士。

第三人緊跟二人之後側，哈腰陪笑，打躬作揖，卻是漢人。這第三人蕭秋水卻是認得，正是昔日在長安古城被「紫鳳凰」橋上殺退的朱大天王之義子：「鐵龜」杭八！

蕭秋水看到杭八一副阿諛奉承的樣子，便已心頭火起；這三騎逐漸行近，那金衣人一勒馬，馬長嘶一聲，立時停止，蹄上「咯得咯得」地走了幾個歇蹄步。那女真人問：「是這裡罷？」他說得雖然平淡，但語氣陰寒，聽了足令人心裡發毛，卻又帶有一種使人畏懼的威凜。

杭八湊前笑道：「是，是，就是這裡，二太子一看就出，了不起，好眼光……」

那女真人橫了他一眼，忽然問道：「你叫我什麼來著？」

杭八一怔，心頭給他瞧得發寒，猛醒過來，苦著臉摑打自己臉頰，道：「是，是，我又叫錯了，二……」女真人雙目一瞪，如鷹鷲一般森冷，杭八又自心裡打了一個突，道：

「二……二公子……」

女真人「嗯」了一聲，淡淡地道：「看在朱順水面上，恕你無罪。再犯小心我要你的狗命！你們這些漢人，拿你們當人辦就不知好歹！」

這句罵得極毒，杭八卻如蒙大赦，忙不迭地拜謝。蕭秋水只見燕狂徒鬢邊太陽穴上的眉梢又是一動。女真人道：「在這裡等他來，是最好不過了，你們漢人有一句話，『守株待兔』，這便是了。」

蕭秋水只覺「守株待兔」這用法，似乎不妥，卻聽杭八又伸出拇指，滿口胡柴地道：「二……二公子真是博學淵源，連漢族的粗文陋矩，都件件通曉……」

那女真人喝道：「胡說！大漢文化我向來羡慕得緊，才跟父王打到這兒來，爲的就是這每一垣每一寸土的文化，怎能說粗文陋矩！」說著向天長歎：「要是我大金國能得天下，這瑰麗博大的文化，便是屬於我們的了。」說著負手，眺月沈思。

蕭秋水聽了那女真人這一番話，心中覺得他說的也不無道理，至少比身爲漢族人氏的杭八珍視得多了，但又深覺不妥：金人既愛慕漢人文化國土，又何苦征戰經年，弄得殘民以虐，敗垣廢墟，以致生靈塗炭呢？

那杭八又道：「我看，點子快要來了，我們不如先埋伏好，殺他個措手不及。」

女真人望了一會兒月亮，回過頭來，道：「他也本是神武天生的好將軍，若肯投效金國，咱們如虎添翼，未嘗不是一件好事。萬里、千里、百里三位前輩因事未及趕至，我也無把握將他一舉成擒！」

杭八卻笑道：「他雖有些聲威，比起二太……不不不，……二公子，二公子來卻是還差……差那麼一大截。」杭八一面說著，一面用左手拇食二指比劃。

女真人冷笑道：「算了，咱們金國悍將無數，但未出此不世英雄，哼，哼，『武將不怕死，文官不貪財』，哈！哈！哈！可惜宋國盡出你這等人才！」

杭八給說得有些不好意思，但隨即又嘻嘻笑道：「我這等人，也沒什麼不好哇，……嘀嘀嘀……至少可以給二太……二公子，幫得上些……小忙。」

女真人也不爲甚已，道：「說得也是。」拍拍杭八的肩膀，這「鐵龜」真箇一副受寵若驚的樣子，女真人哼了一聲道：

「我們給飛將軍，在朱仙鎮打得落花流水，一敗塗地，死傷無數，血流成河，卻敬他是一條英雄，只想令他回心轉意，歸順北朝，……你們宋國的人，卻恨不得置他於死地，十二金牌召他回去還不夠，還要在這道上趕盡殺絕……」

蕭秋水聽得腦門轟轟然一聲，血液上沖，「飛將軍」三字，猶如自天而降，登時憶起他當年在浣花派劍廬，得會岳太夫人和「陰陽神劍」張臨意時，已定下的「見岳飛」的畢生志願，難道來的是……只聽杭八道：

「二公子有所不知，那姓岳的跟金國只是兵戎相交時的仇敵，跟咱們朝廷的官兒可是你死我活的強仇。誰站得穩腳步，另一方就必定得倒下去……試想，咱們秦相爺怎會又怎能容得下岳將軍！」

女真人想了想，笑道：「宋土那麼大，土地那麼富庶，卻容不下一個岳飛，難怪好漢都死絕了。沒想到你還有些小聰明，局勢捏拿得倒挺有準兒的。」

杭八搔頭笑道：「別的我不成，跟隨朱大天王那麼久，順水轉舵，看清局勢，這點把握不是我杭八誇口，是有幾分真本領的。」

女真人微微歎了一口氣，又道：「岳飛已接令，專程寅夜趕返臨安，待到得了朝廷，秦檜要將他是殺是剮，都沒問題，只要我父王一聲令下，秦檜還不是唯命是從？……卻又何苦派你的人來截殺，又再三懇求我父王遣我來援手？」

杭八以為女真人真的請示於他，他只圖表現效忠，可望升官發財，當下知無不告：「二公子說的是……不過，京師之中，不少岳飛黨羽，他們或劫獄，或請纓，總之會設法營救岳飛，尤其是韓世忠、劉錡這等不識抬舉的傢伙，說不定會聯合起來，有什麼異動，那就糟了，秦相爺不得不未雨綢繆，來個斬草除根，先下手為強……」

女真人道：「岳飛萬里趕程，算是白回了。」

杭八得意地道：「若他被咱們刺殺於此，明日未到臨安，相爺正好定他個『違命』之罪，包叫他個『滿門抄斬』！」

蕭秋水只聽得心脈賁張，眶眥欲裂，手中都捏了一把汗。燕狂徒卻伸手連他「啞穴」也封了，只見他根根銀髮豎起，卻未有所動。

那女真人又道：「好計劃，你們南朝人，對外作戰怕死，內鬥卻詭計多端，岳飛這次可謂死得不明不白……」

杭八笑道：「其實死得不明不白的人才多呢。這幾天來，一路上有人圖救岳飛，都是讓咱們或朝廷的禁軍和相爺心腹手下，盡皆殺死，封官發財的人，也多得緊哪！若是岳飛知道，準叫他心疼死了……有次『梅鎮』的民眾集體在官道上等候岳飛，結果給我們殺光殺盡了，一村的人哩，屍首都布了五六里路……」

女真人啫啫道：「你們宋人，手段真忒也狠！卻以爲我們不知麼？你們姦淫燒殺，又搶擄掠劫，事後賴了給我們身上，便是你們的拿手好戲。」

杭八一呆，一時說不出話來，只好囁嚅道：「二太……二公子神通廣大，明見萬里，我……我們……」

女真人一笑，道：「其實這也沒什麼，朱老先生爲我們開路清道，立的是大功；今番你若成事，自也有重賞。」

杭八忙「噗咚」一聲跪倒，拜謝道：「屬下萬謝二太子……不不不……二公子大恩……」叩謝不停，女真人微笑道：

「起來，卻未知這一戰是否功德圓滿，……？唉，你們宋人，好不容易得一勇將，卻連多等幾天，到京師再定罪誅殺，也待不及，唉。」

杭八起身道：「這次部署，是天王精兵，岳飛慣於沙場征戰，這種綠林狙殺，他斷斷應付不來的。這點二公子萬萬可放一千個心……至於讓岳飛回朝，相爺是怕『夜長夢多』呀……何況……何況相爺早一一細查岳飛底細，卻是不貪財，不徇私，不枉殺一人，不鄙行一事，根本無法治之以罪……」

女真人聽到此處，向天呵呵大笑一陣，中氣充沛，只震得馬匹一陣噓鳴，道：「向來奸臣殺忠臣，何須有罪？只要我大金國的父王點一點頭，你們丞相要殺忠臣良將，不過是喝酒喫飯的事兒一般而已，就算，把比干皐夔打成大奸大惡之人，綁在城門任民割剮凌遲，也在所不難。」

夏　宋金蒙古

原來這女真人，便是金兀朮的二太子，因慕宋朝文化，以國爲姓，漢名爲慕夏。其時金國兵強勢大，連驍勇善戰的蒙古人，每年都要進貢女真族人，這馬上沈默寡言的蒙古人，便是勇士浩特雷。這兩人是金兀朮特派監視宋人捕殺岳飛的使者。

金慕夏望望天色，道：「看來岳飛就快到了。」

杭八道：「岳飛接了十二金牌，不寢不眠，父子兼程趕來，定必又疲又饑，在此地伏擊他，正是最好不過，我們先埋伏起來……」

忽聽叱喝一聲，那蒙古人比手劃腳，說了一會兒的話，一個黑色水靠中隙露朝廷官服的人，踏前一步，道：「蒙古勇士說，他不肯埋伏暗狙人。」

杭八跺足道：「唉呀，這岳飛雖是強弩之末，忒也不得了啊，怎能明打明攻？這豈不喫虧……律三叔，你還是去說說罷。」

這翻譯的人，原是宋朝帶刀侍衛律靖旋，今番一起在這兒，要伏殺岳飛，當下又照杭八的意思，對蒙古人說了，那蒙古人仍是搖頭不肯，杭八無奈，只得望向金太子，金慕夏沈吟了一陣，終於還是向蒙古人嘰哩咕嚕說了幾句，瞧那蒙古人的神氣，還是不服，但已不敢多說了。蒙古其時正受金國威脅，蒙古人哪敢再得罪以致禍國？金慕夏道：

「好，我們藏起來再說。」

這時一陣風吹來，草動沙飛，廟裡傳來一陣乍聽如呻吟般的聲響，杭八罵道：「哪來一陣怪風!?」便要指揮大伙兒在廟邊匿藏起來，金慕夏忽然道：

「慢著。」

杭八一怔，金慕夏道：「草堆裡的朋友，你們要自己出來，還是要我們揪出來？」

只聽「霍霍」兩聲，兩名大漢躍了出來，青記大漢大罵道：

「好奸賊，竟敢誣害岳元帥，我練虹昇跟你拚了！」

另一個髯鬚滿臉的大漢也罵道：「兀那狗賊，無恥下流，待我練俊賢替岳爺爺清道！」

說著一個揮動鐵錐，一個拎起銀鉤，揮舞呼喊攻來，那二三十個黑衣人，身形閃動，迅速擺起陣勢，圍著兩人，杭八卻詭然笑道：

「我道是誰，原來是楊再興的舊部『練氏雙雄』，哈哈哈，既是如此，正好替我們先祭祭兵刃，快利一下！」

這兩人正是岳飛收服的盜匪，而爲宋朝屢立大功，原爲作戰驍勇的楊再興楊將軍的部屬。秦檜等奸人因恐岳飛等聚眾掌權，所以在遣調兵將布防時，故意分散這些作戰英勇的悍將勇士，撥作其他庸將麾下置寧不用或藉故剪除。練氏雙雄等發配南海，眼見將領昏庸無能，同袍兄弟，十之八九都不明不白地喪生，悲憤莫名，按捺不住，便違軍紀逃逸，聞岳飛在朱仙鎮大捷，喜不自勝，連程趕去報效，要直搗黃龍，雪靖康之恨。不料在途中聽得岳飛已被敕令調遷，練氏兄弟哀憤莫名，便要在這路上守候岳將軍，懇其爲國珍重，願效死同往。

詎知二人在客店投宿，無意中聽得杭八這一干人要伏擊岳飛的消息，便先躲在廟旁，待岳將軍來時，出言示警，好叫歹人奸計不逞，卻未料金慕夏也是個厲害角色，竟然洞察出他們匿伏的行蹤。

二人此時早已豁了出去，只求決一死戰，拚得一個是一個，拚得兩個是一雙。

燕狂徒身形一動，正想出手，忽然身體中奇經八脈，如萬錐攢刺般刺痛，一齊發作，跟前一黑，幾乎昏死過去。

原來燕狂徒數十年前，傲嘯江湖之際，曾被十六大派高手，連同當時才算初崛起的「權力幫」以及朱大天王的部屬圍攻，燕狂徒雖負重傷突圍而出，十數年來，消聲匿跡於江湖，當他在擂台會再度復出時，武功已因療傷護體，失去了三成，擂台之會，燕狂徒再度受鉅創，他年歲已大，要痊癒已難有望，只仗驚人的功力，勉強暫時將之克制而已，舊創可能隨時復發；而今舊傷加新創，正可謂一發不可收拾。

燕狂徒因見知年事已高，近日來眉跳氣喘，難望久活，內心急於要完成幾件心願，所以不顧一切，未能完全羈制內傷之前，便又復出，功力再減退二成；此刻他的武功，實不及他自己全盛時之一半。

此刻燕狂徒只覺一陣陰森之氣，帶著刺痛，奇經八脈，上下交流，無不窒滯錯亂，帶脈環身一團，絡腰而迴，狀如束帶，血脈倒流之際，大爲衝逆難受。他雙眼翻白，全身忽寒忽熱，所中的陰毒暗器和掌力，一齊暴發，可謂內外交攻。

燕狂徒竭力平定心念，以止觀法門，由「制心止」，而至「體真止」，來逼住體內真氣遊走、血脈逆流。此刻性命懸一線，唯以個人幾十年來性命交關的修爲來壓制。此刻他忽如炎日臨空，盛暑鍛鐵、手執巨炭、身入洪爐，全身汗浸，忽如天降飛霜，冰封萬里，腳陷雪窖，懷抱寒棒，全身又結了一層薄冰。

蕭秋水在一旁，看得心急如焚，無奈穴道被封，明知燕狂徒正在要緊關頭，卻無法相助。

再回首注視場中，那兒的情況，卻更是緊急了。

這時練虹昇、練俊賢二人，已跟場中的黑衣人交起手來，練氏兄弟可說是楊再興麾下悍將，楊再興的鐵槍，在戰場中十盪十決，當者披靡，練氏兄弟的鐵錐銀鉤難免受其影響，出招時都帶點兒使槍的氣態。

朱大天王的弟子、秦檜的部下、金太子的下屬，這些黑衣人之中，不乏高手，但一時也未能奪之得下。

練氏兄弟求捱得一陣是一陣，只要岳元帥到來，自然洞透奸黨計劃，以致狙擊不成。

但金慕夏等人焉看不出練氏兄弟的心思，金太子稍點了點頭，「鐵龜」杭八大聲叱道：「呔！兀那小狗，快快就擒！」他這時手上兵器已改作了哭喪棒，策馬直驅，一棒分打二人。

練虹昇將鐵錐一架，「噹」地一聲，星花四濺，練虹昇只覺對方哭喪棒有一種奇異的陰勁，接下了這一棍，自身體力反激，極不舒服；杭八也覺得對方膂力奇大，硬接這一錐，震得虎口發麻，險些兒握不住兵刃。

兩人又各自大喝一聲，杭八策馬調首，又向他衝來。練虹昇人在低處，卻雙目暴睜，橫刀當胸，絲毫不讓；兩人如此棒來錐往，已來回衝刺了一十四次，交手十九招，都覺得勢均力敵。

練虹昇喫虧在並無坐騎，所以難作主動衝擊，而且又心有罣礙，一方面耽心弟弟練俊賢的戰況，另一方面又掛念岳元帥的安危，所以一個疏神，喫了一棒，打在背上，打得他口吐鮮血，寬厚的背肌上，多了兩行如鯊噬般的血洞。

練虹昇受傷，而戰氣不衰，環錐穩守，那邊的練俊賢，愈戰愈勇，殺卻對方一人，又傷一敵，但雙拳不敵四手，何況對方如此多人，終於被傷了三四處。他披髮覆臉，咬髮苦戰，毫不退讓。

那邊的練虹昇，見情勢緊急，心生一計，待杭八衝鋒過來時，突地一滾，一錐橫掃，居然及時打斷了兩隻馬腿，要知道以練虹昇的功力與年歲，要使這一招，端的是十分危險，若一錐不及時擊碎馬腿，馬蹄一旦踏下來，練虹昇不死也得重傷，至於杭八若能及時勒韁，棒往下擊，練虹昇則更無倖理。

但這一刹那間，練虹昇及時做到了：他打斷了馬腿！

馬悲鳴，蹶地翻落，杭八便被摔了下來。

練虹昇哪肯放過？一錐便抗了過去！

杭八倒也機警，尤其是事關他自己的性命，反應自是快極，人未落地，便已翻滾開去！

「哧」地一聲，鐵錐刺中杭八的背心！

「噹」的一聲，原來杭八的背上有一塊鐵板，鐵錐便刺在鐵板之上，稍爲挫了一挫，杭八仗賴了這一擋，翻滾而去，險險躲過了這一錐。

只是鐵錐上湧來的大力，撞凹了鐵板，也撞中了背肌，他只覺喉頭一甜，也嘔出了一口血來。

原來他背上，真的著有鐵甲，是屬鎖子甲一類的鐵背心，是他這人即常暗算狙殺別人，便也惴惴不安；擔心自己有一天也會被人暗算。他自恃武功高，敵人正面出手，尚可守架，而且他一生人，向不落單，恃著人多勢眾難有人殺得了他，但背後不長眼睛，若被人暗算，那可糟了。

於是便特地製了一件鐵甲來護背，這一下，便保全了他一條性命，他兀自驚魂未定時，練虹昇叱道：「狗廝鳥！真的是龜兔子！」揮舞鐵錐，又攻上來，杭八登時嚇得魂飛魄散，不敢戀戰。

練俊賢那邊，一雙銀鉤，又鉤下一人頭來，此時他已負七八道傷，可是酣戰不休，反過來追打強敵，金慕夏策馬旁觀，不禁低聲歎道：

「若宋朝人人如是，別說我們不敢出兵，就算宋方派軍打我王土，我們只怕也抵擋不住，枉死軍民。」

那蒙古人浩特雷聽得如此說，便低吼了一聲，音若獸嗥。金慕夏回首笑道：

「你不服麼？」

蒙古人用手大力拍鐵鑄一般的胸膛，嘶嗚不已，金太子道：

「你想試試麼？」

那蒙古人大聲嘶嗚，十分開心，不住點頭，金太子微笑道：

「好，你去罷。」

那蒙古人「嗚嘩」一聲，向著金太子面前翻了兩個觔斗，表示答禮，「呼」地一個大翻身，到了練虹昇處，一把手箍住了他。

練虹昇已可算是熊背虎腰的彪形大漢，但跟這蒙古人相比，還差了一截，蒙古人的摔跤，世所聞名，練虹昇一旦被他拿住，雙錐便揮動不得。

練虹昇心中早罵箇一千八百遍，這胡兒偏在此時搗亂，又力大無窮，掙脫不得。練虹昇急中生智，忙鬆手棄錐，雙錐「忽忽」二聲，落了下去，恰好插中了浩特雷的足背。

浩特雷「哇呀」一聲，痛入心脾，登時鬆了手，練虹昇趁機反拿，左手扣他的「魂門穴」，右手扣他的「章門穴」，足膝頂住他的「期門穴」。

浩特雷的摔跤術雖好，又力大無窮，無奈先手一失，對認穴又不似南人如此精確，登被制住，但他也是一條好漢，死力圖反擊，只是武學中有道：「三門一關，到鬼門關」。浩特雷的情形，正是如此。

就在此時，浩特雷忽一低首，「砰」地一聲，兩人互相擒拿，相距極近，這一撞便撞中練虹昇的鼻樑，練虹昇不防有這招，掩臉倒退，浩特雷反敗爲勝，一把手扭住了他，卻在這時，一記悶棍敲在練虹昇的腦袋上，腦漿四迸，練虹昇登時沒了命。

蒙古人雙目如銅鈴般暴睜，放開練虹昇，練虹昇身子登時似沒了骨脊般倒了下去。杭八偷襲得手，得意大笑，蒙古人嘰哩呱拉，指著杭八痛罵，十分憤怒的樣子。

原來蒙古人天生好戰，但不失好漢本色，因見練虹昇勇悍，便躍躍欲試上前一鬥。杭八在一邊偷施暗襲，殺死浩特雷的對手，浩特雷怒極，杭八不知他說什麼，只好向金太子望去。

這時那邊的練俊賢在浴血苦戰中，仍耳聽八方，眼觀四面，乍見兄長身亡，怒急攻心，喫了一鞭一肘，揮掃銀鉤，也傷了一人，便向蒙古人背後衝來。

杭八站在浩特雷正對面，眼瞥及此，正想示警，卻見金太子深沈地搖了搖首。杭八登時將喊到了口邊的話，吞了回去。

原來金二太子見浩特雷一上來，就制住了悍勇無比的練虹昇，心中已然不快；又見練虹昇反敗為勝，心中倒有些希望他們拚個同歸於盡。但浩特雷旋又控制大局，如此一來，一個蒙古勇士，豈不是比自己金國的兵員，秦檜的部下，朱大天王的手下都威風得多了？

杭八殺了練虹昇，金二太子不知怎的，有些惋惜，又萌一股妒意。這時見練俊賢為報兄仇，向浩特雷衝來，便不示警。

眾人見金二太子如此，便都不再阻攔。浩特雷猶自大罵杭八，練俊賢不懂蒙語，認定這光頭巨人一上來，兄長便遭橫死，悲痛之餘，再不講究武林規矩，一迴雙鉤，便已鉤中蒙古人的左右「肩井穴」之中！

浩特雷乍受重創，狂嚎一聲，也不回身，仰腦一撞，「砰」地撞中練俊賢的「天井穴」，兩人都身受重傷，頭昏眼花，一時未能恢復，忽聽半空金衣如矢，飛投而來，「啪啪」兩掌，分左右擊中兩人。

兩人只覺中掌若落葉般輕，原不在意，但所中之處，忽如遭雷殛，摧肌斷腸，嘶嚎半聲，都溘然而逝。

出掌的人自是金二太子金慕夏。眾人未明他因何出手，而且連浩特雷也一起殺掉，但見他出掌輕若飛煙，但此輕輕一掌，頓此二個悍至極的人摧枯拉朽一般擊斃，自是佩服得五體投地，忙不迭地如雷般喝起彩來。

就在這時，那浩特雷忽又從地上躍起，他明明已死了，巨大的身子忽然彈跳起來，攔腰抱住了金二太子。金慕夏大喝一聲，反掌拍去！

只見浩特雷雙目圓睜，不住地在說話，眼眶也不住滲出血來，金慕夏知道這蒙古人一直在重複一句：「你爲什麼要殺我？你爲什麼要殺我？……」金二太子不理會那麼多，一直打下去，打到了第十七掌，那環抱著他的巨蟒身般粗的銅臂漸漸鬆了。金太子運力於掌，雙掌一合，「哇嚇」一聲，猛力一衝，終於掙脫了浩特雷的攬抱。

浩特雷「砰」地一聲，栽在地上，永遠再也起不來了。

金慕夏端詳了老半天，外表雖強作鎮定，心裡卻怕這人再度躍起。看了半晌，確知浩特雷早已氣絕，這時杭八等紛紛走了過來，大吹猛捧，既爲金太子開脫，又把他讚得捧上了天。

其實浩特雷死得不明不白，不知金二太子何故殺他，金慕夏這時卻在別人讚美聲中，心底裡暗忖：宋人氣數已盡，縱有的忠臣良將，都給貪官污吏喪盡，不足畏也；倒是北邊苦寒爍熱之地，這些韃子勇悍無比，而且聲勢日益壯大，不可不慮，此番回去，定要稟告父王，要嚴防北疆。

他心下盤算已定，當即道：「岳飛就要到來，快清理屍首，我們埋伏去。」就在這時，山嵐撲面，將那關帝爺的破廟，直吹得格格作響。

金慕夏呆了一下，忽然分辨出一種很細微的東西。

呼息。

這呼息十分細微，細微到幾近完全聽不到，顯然是一流內家高手發出來的呼吸。

但這呼吸又十分急促，似在極衰弱的狀態。

這又不像是一流高手的呼吸。

若非如此，他還真聽不出來，有人躲在這附近。

他未入中原一帶前，已知道中土武林多能人異士，不可輕視，他年紀雖輕，但決不魯莽行事，自傲托大；心意既定，便道：「我們出手的訊號是『拜神』，一聽到這兩個字，立即動手。」

眾人應道：「是！」

這些人平時欺壓良善百姓慣了，自也作了不少傷天害理的事兒，而且自恃武功高強，哪曾怕什麼來著？而此番要殺的是威震天下，任大守重的岳飛，他們都不禁有些緊張起來。

金慕夏用手一指，道：「杭八，你帶一批人，就藏在那裡——」話未說完，驟然之間，飛掠而出，已撲入灌木叢中，只見一老一少兩人，都是令人一見難忘的壯容，金慕夏稍猶疑瞬息，一掌就向其中一人的頭頂，拍了下去——

他打的是「百會穴」。「百會穴」是人生百穴之宗，這一掌下去，自是非死不可；何況他的「輕煙掌法」，出手愈輕，對方傷得愈重，他心知能在此潛伏如此之久，而令自己一直未曾發覺的，必是武林高手，而且在自己掠入灌木叢中時，尚能恒靜如常者，單止這份定力，就是一流好手，所以他的出手，自是更加「輕」了。

他卻不知這兩人的確都是武林中第一流高手中的一等一好手。唯在此刻這兩名一代宗主偏偏都無法還手。

秋　天下英雄令

他打的是燕狂徒。

燕狂徒正受內外交征之苦，他此刻運功與逆走血脈相抵，卻一直羈絆不住，耳邊如金鼓齊鳴，鐵騎奔躍，眼前旌旗如雲，刀光胳雪，如罩身炊甑之中，忽又感寒如玄冰。

他明知此刻只要五心向天，未必不可將真氣導引正途，但此刻心火未清，暴伸暴縮，若蕭秋水能助一臂……他這才想起蕭秋水已被他點了穴道，這一憶起，更加心煎如沸，……就在這時，金慕夏一掌擊在他腦門「百會穴」上。

這一下，一般烈飆，幾乎摧裂他的腦子，但是這一般力道，剛好稍稍挫了自己的逆走真氣一下——只那麼剎那間，燕狂徒已將內息納入尾閭，再由尾閭升至臂關，一到臂關，便大可控制，真氣再由夾脊、雙關，升至天柱，玉枕，最後納回頂心的泥丸宮，在片刻之間，舌抵上顎，內息下面下降，又經過神庭、鵲橋，到了重樓之後，經黃庭，氣穴一關，便納入丹田之中。

他運氣奇速，頃刻間已運轉一大周天。「砰！砰！」二聲，雙掌擊出。

金慕夏擊中燕狂徒一掌，卻見這獅子一般堂皇的老人，臉色陰暗不定，他不知自己這一掌打得，是對是錯，便想照準蕭秋水的「缺盆穴」又是一掌。

就在這時，燕狂徒的雙掌已擊中了他。

就在擊中他的衣袂，未及他的肌膚之一剎，燕狂徒閃電般易掌爲指，戳中了金二太子上「雲門」下「大赫」二穴。

金慕夏乍然受襲，不及閃躲，大喝一聲。

他大喝一聲用意有二：一是提醒眾人，並警示自己受襲遇險；二是運起「小祁連山金燕神鷹」所授的氣功，大喝一聲，逼出閉塞之氣血。

但燕狂徒的功力，金燕夏哪裡抵消得住？才叫得了半聲，聲音登時窒在咽喉，便已被點倒。

這時杭八那一干人紛紛吆喝著衝了過來，燕狂徒一手拎住金慕夏的脖子，猛把他提了起來，緊了一緊，金慕夏幾乎連眼睛也凸露了出來。燕狂徒喝道：

「你們上來！再多上來一步，我就擰斷這金小狗的頸子！」

杭八那些人都為之投鼠忌器，況且他們諸般作態，莫非是要得到金太子賞識，好升官發財，而今太子在人手裡，哪裡敢有異動？唯蕭秋水這邊，也是變了臉色。

蕭秋水倏然色變是因為他與燕狂徒接觸不多，但頗瞭解他那狂飈般的性格，斷無可能拿金太子也威嚇住其他人不敢造次：以燕狂徒的烈性如火，定必衝進去大殺一番，半個不留，而今如此，必有所因。

最大的可能就是燕狂徒的功力並未恢復或並未完全回復。

強敵圜視，而自己受制，主將功力又未曾恢復，這是十分可怕的事。

何況這些「強敵」，莫不是手辣心狠，賣國貪榮的人物，更且這些人若殺了燕狂徒和自己，那下一個要殺的人，就是關係整個家國命脈的岳飛岳將軍了！

「鐵龜」杭八當然不知道站在他面前天神般的大漢，就是名動天下的楚人燕狂徒，若他知曉，恐怕早已逃之不迭。杭八心中所盤算的，不過是如何在太子面前立功，為他升官發財鋪路。

杭八當下喝道：「你是誰？快快放下太……二公子爺，有話好說！」

燕狂徒睞著眼睛道：「沒有什麼好說的！」杭八怒道：「你若敢傷二公子一根寒毛，我就把你剁成肉泥！」金二太子聽了，心中大奇，按理說對方一招擒住自己，功力遠在杭八等人之上，大可輕易將之打發，何必大費唇舌？當下疑竇頓生，只聽燕狂徒冷笑道：

「我若要傷他，你們又能怎樣？」燕狂徒手裡又緊了一緊，金慕夏頓時一口氣透不過來，臉色發黑，杭八心想這次若金太子有什麼冬瓜豆腐，自己可也遭殃，當下急叫道：「別別別別……」

燕狂徒嘿嘿冷笑幾聲，便住了手，暗自調息，原來他真氣雖通行無阻，但至帶脈之下，雙腿已不能動，血脈閉塞不通，形同朽木，而且功力回復不到一半，他心中忖念，自己封了蕭秋水的穴道，現在卻無法維護他，自己照顧自己，尙無問題，故計劃一舉將眾人殺盡，方才是上策。因為並無把握一擊得手，雙腿又苦於不能動彈，所以遲疑未下殺手。

杭八轉念一想，這人看來不好惹得很，他既制住金二太子，我也要制住他的朋友才好！驟然閃身，已拑住蕭秋水，將哭喪棒一架，架在蕭秋水後頸上，如鯊齒一般的尖刺，嵌到了蕭秋水的肉裡去了。

燕狂徒明知杭八身形一動，乃撲向蕭秋水，奈何下盤苦不能動，無法相救，只聽杭八喝道：「你放開二少爺，我就放你朋友，否則……」

「否則什麼？」忽聽一人問。

杭八忽聽此話，大喫一驚，回首一望，只見自己身後，不知何時，已立了一人，月光澹淡下，這人容色飛越，卻不清楚多大年紀。

杭八大怒，叱喝：「來人，拿下！」

他連喊三次，部下都屹立不動。杭八頓覺毛骨悚然之感。只見昏濛月色下，他部下的背後，都現出一個人來：這些人都是宋民服飾，手持短刃，抵住杭八手下的咽喉。金太子「噫」了一聲，他雖爲燕狂徒所制，但事事瞧得分明，他幾乎不敢置信，積弱頹靡的宋朝，居然有這一群英悍、矯捷的宋人，簡簡單單，輕輕易易，神不知鬼不覺間就制住了自己的部下。

而這些部下除了金兵精銳外，還有宋軍及朱大天王手下的武林人物，在這干神祕人物面前，竟都如此的不堪一擊！

「否則什麼？」那人再問。

杭八一咬牙，道：「否則我就把他一刀給殺了！」

那人緊接著問：「你是什麼人？」

杭八映著月色一照，覺得那人還頗年輕的樣子，膽子登時壯了，道：「什麼什麼人？」

那人笑道：「你是宋朝子民，怎又幫金人打我們宋人的？」他說著，指了指燕狂徒挾持中的金太子。

杭八一時啞口無言，金太子知來人非同小可，便答：「什麼金人宋人，莫非天下一家，大宋王土，談什麼分際！」

那人微笑道：「金二太子，你也別裝蒜了，記得穎昌之役麼？我們曾相會過！」金太子聽得心裡頭一寒，只覺這人好眼熟，卻不知是誰。那人笑道：「你們殺人傷人，汴京還鬧得不夠麼？要到臨安府來滋事！」

杭八不知這人是誰，惡向膽邊生，喝道：「去你媽的蛋！」

那人臉色一變，搶前一步，杭八正想殺掉蕭秋水，再來應付此人，也不知怎地，爲此人氣勢所迫，不自覺地手下一慢，那人探手一拗，就奪下了他的哭喪棒，一踢腳，就把他踢飛出去，順手將蕭秋水接了過來。

蕭秋水只見此人出手，武功十分平庸，而且一派正宗，功力也不見得如何突異，但偏偏在舉手投足間，產生了一種大氣勢、大氣魄，不可思議的力量，而且含有一種百戰沙場的大無畏，所以一出手，就打退了「鐵龜」杭八！

杭八被那人一招打退，金太子立即想起一個人來了，駭然叫道：「你——！」

那人笑著揮手道：「今天你在危境之中，而且人孤力寡，我不想殺你，你且回去，他日在戰場上，我在千軍萬馬中斬你首級。」

燕狂徒滿腹狐疑，又見金太子聞言後神色慘然，便叱問道：

「閣下何人！」

那人笑而拱手道：「在下岳雲。隨家父返京覆命，知途中亂黨埋伏，故在下先行一步，爲父清道，前輩是……？」

燕狂徒一聽「岳雲」兩字，退了兩步，失聲道：「你父呢？」金慕夏趁機一掙，掙脫了燕狂徒的鉗制，回身「啪啪」兩掌，打在燕狂徒胸脅上。

燕狂徒卻宛似未覺。金慕夏打了兩掌，心中已慌慌惶惶，心念疾忖：別說這癲癲癲癲的人武功深不可測，就算單憑這岳雲個人之力，已夠不好對付，何況自己已先機盡失，埋伏失敗！不如還是三十六著，走爲上計！

原來在穎昌一役中，金兵布陣十五里，金鼓震天，城堞爲之動搖。城門守將爲岳雲與王貴，二將計議，將白軍統制董光留守，以先鋒軍副統制胡清守城，王貴、岳雲二人出戰，從早殺到晚上，斬金兵五千人，金統軍上將軍夏金吾，便死於岳雲之手；

金副統軍粘汗孛董被重傷，抬返汴梁途中氣絕。兀朮爲之喪膽。

由於是役以眾擊寡，金兀朮以爲勝券在握，便叫二子去參戰，意思是討個功勞回來，方便遷升，殊料卻一敗塗地。金慕夏也非常人也，在夏金吾戰岳雲時，曾與上將軍雙鬥岳雲，但見岳雲在陣戰塵河中如天神奮威，三招即斬夏金吾，金慕夏一招俱插手不下，嚇得心喪若裂，一直打馬逃至汴梁，才敢稍停。

從此金慕夏畏絕了岳氏父子。愈是畏懼，便愈想殺害岳飛、岳雲，只是一旦見著了，還是嚇得手腳發軟，沒了鬥志。

金慕夏返身便逃，杭八等看見主帥走了，便忙不迭跟著便跑，其他人見沒了主兒，紛紛抱頭鼠竄。月色下，那一小撮人瞬間走得個乾乾淨淨，只剩下岳雲、燕狂徒以及蕭秋水三人。岳雲的部下，也悄悄地整隊退去。岳雲似已司空見慣，對金兵潰竄的事，已不足爲怪，笑道：

「我手下這一干兄弟，便是去接家父來。」

燕狂徒眼睛發出了亮光，喃喃道：「你父親要來！你父親要來！」

岳雲銳利的目光打量了一下燕狂徒，即關切地問道：「前輩要見家父麼？不知有何見教？前輩的雙足，可有不妥？在下稍通醫理，可否代爲察看……」

燕狂徒厲聲道：「你毋近來！我自己的事，我自己會料理！我要見你父，是有要緊的事相告！」

岳雲湊近一步，道：「有什麼事兒，前輩告訴在下，也是一樣！」

燕狂徒道：「好！就告訴你！我不准岳將軍見皇帝！」

岳雲倒是一呆，噫道：「哦？」

燕狂徒道：「你父是孝子，你也是孝子！你試想想，這次回京，還有命嗎!?秦檜、韓侂胄這等狗官，會放過你爹嗎!?剛才這些人，便說是秦檜派來的，也有黑道上的敗類，和金賊合作，要伏殺岳將軍！你想想啊，你們一旦死了，喪盡了大宋土地，傷盡了天下百姓的心！你父親對不對得起你娘!?你對不對得起你娘!?對不對得起你們的老婆兒女、百姓軍民！」

岳雲聳然動容。燕狂徒愈說愈是振奮，大聲說：「如果我是岳將軍，我就不聽命於朝廷，領著一般兄弟兵，為大宋人民復我江山去！岳將軍不怕沒有強援，糧，百姓供得起；人，武林多的是！」燕狂徒說得激動起來，鬚髮幡揚。

蕭秋水在一旁聽了，也大為震動。他沒料到燕狂徒這看來放蕩不羈的前輩，竟有一股如此激烈的愛國心，而且要自己答應的第一件事，原來是勸阻岳將軍奉詔回朝！

蕭秋水不覺熱血沸賁，覺得就算爲這事兒饒上了自己一條性命，也是值得。

只見岳雲沈思了一會，說：「前輩所說，自是字字金玉良言，當頭棒喝。」岳雲苦笑了一下又道：「只是……」

燕狂徒瞪眼道：「只是什麼？」

岳雲道：「只是家父常與我言：『行事不計成敗，只求心安。』此刻舉國烽火，人心異離，家父情知此行必死，也在所必行，以免帶頭起事，違逆帝旨，縱或一呼百和，稍具聲勢，於國於民，亦一無好處啊！」

燕狂徒跺足道：「唉呀，現今是皇帝昏庸，不圖恢復，秦檜卻要害你全家啊！有言道，『大丈夫寧死戰場，不毀於佞賊手中！』岳將軍英名一世，你也耿耿精忠，如此自投羅網，不值得呀！」

岳雲微笑道：「只要忠臣死，能得天下安，萬世平，那死也並不可畏！」

燕狂徒抓腮搔腦，急道：「怎麼這般食古不化！你們爲國家民族謀大事，還是替宋朝皇帝趙家保天下！皇帝不好！換就換，反就反，有什麼了不起!?」

蕭秋水禁不住也插口道：「死有輕於鴻毛，重於泰山者；岳少將軍，令尊大人功同日月，澤被蒼生，若爲奸相所害，則天下平民，還有誰能替他們申冤？金兵鐵蹄踐踏中原，則有誰爲大宋江山直搗黃龍？岳將軍若有不幸，試問天下尚有何人在奸相當權下還我河山？少將軍，令尊之死實乃無異於天下千千萬萬百姓之死也，請少將軍三思！」

岳雲仰天長歎道：「兩位大俠說得有理，實不相瞞，在下心中所思，亦與兩位之意不謀而合。大丈夫生於世，只求無愧於天地無愧於人，至於是不是落得個惡名，我倒不在乎……在下如此勸過父親，不過父親大人，對『忠義』字甚是堅持，在下百勸無效，有次還險被當場處斬……」

燕狂徒頓足罵道：「岳將軍怎麼如此拘泥古板！」

岳雲臉色一變，道：「前輩，請自重，若再辱及家父，在下則斗膽得罪了。」

燕狂徒幾時被人這般叱喝過，也臉色微變，蕭秋水怕引起衝突，忙岔開話題道：「令尊岳飛將軍，忠勇雙全，義薄雲天，只是廟堂縱控在秦相手中，一味對朝廷盡忠，不過是『愚忠』而已。」

岳雲笑道：「這位兄台言的是理，不過也有過慮之處，秦相雖握大權，而且天子曾賜家父御札一十五道，而且韓、劉、張諸將軍重兵在握，諒秦檜不敢對爹怎樣！」

燕狂徒冷笑道：「不敢對你爹怎樣？」說著用手向地上屍首一指，道：

「看！這就是你爹的舊部，爲阻止秦老賊派人伏殺你們而犧牲了的！」

岳雲跪了下來，對練氏兄弟的屍首拜了三拜，然後轉向燕狂徒，緩緩道：

「前輩好意，在下心領。在下自令爲家父掃除道途上障礙，並悉心保護父親安全。」

燕狂徒氣得反笑道：「憑你們幾下三腳貓，保護得了麼!?」

岳雲靜靜地道：「適才前輩和這位兄台之危，還是在下消解的。」

燕狂徒本來勃然大怒，但見月色下，岳雲的臉容絲毫無懼，他轉念一想，猛自懷中抽出一件事物，大嚷叱道：

「看這是什麼！」

岳雲赫然退了三步，臉色大變，顫聲道：「是爹的『天下英雄令』。」

燕狂徒厲聲道：「既知是你爹爹用以召集天下英雄之令，你也是一條響噹噹的好漢，還不聽令！」

岳雲俯首半跪，嗄聲道：「前輩既持令在手，在下絕不敢抗命，只是……只是這令原是家父出征之前，恐老奶奶在家受奸相迫害，持以此令召天下英雄以助，卻怎令到了前輩手上?……」

燕狂徒倒是一愣，道：「這令我是從那小兄弟手中得來，詳情我也不知。我只知道岳將軍的『天下英雄令』，可促致天下英雄拋頭顱，灑熱血，而無怨懟，昔日曾在古城共歃血爲誓，遵從此令……喂，你又是從何得來的!?」燕狂徒側首向蕭秋水問。

蕭秋水道：「晚輩也不清楚，岳太夫人後來的確受到迫害。據晚輩推測，至少有兩股勢力相埒互爭；」蕭秋水何等聰明，一番思索便知箇中原委，邊想邊破解邊接著道：

「秦檜等畢竟不敢明來逼害，便運用了朱大天王的力量，沿途截殺；恰逢權力幫想奪得『天下英雄令』，借此令使岳將軍和天下英雄歸心，推翻腐敗朝廷，稱霸天下，也派人奪取。」蕭秋水說到這裡，歎了一聲，愈說，他心裡愈見分明了：

「朱大天王見權力幫既然出動，便暗中插手，坐收漁人之利。偏偏李沉舟部下也有敗類，他所派出來的『九天十地．十九人魔』，人品良莠不齊，就算『八大天王』中，也有內奸，匡護太夫人的英雄豪傑，又當然不服，互相火拚之下……終於還是叫朱大天王佔盡了便宜。」

燕狂徒冷笑道：「權力幫所要的，正是我所想的，岳大將軍何故要爲這靡廢朝廷賣命？江湖上多得是熱血漢子！可惜……可惜李沉舟這豎子太笨，竟給朱大天王逮著個機會！」

岳雲卻道：「這些……這位兄台……又怎曉得？」岳雲雖然年輕，但頗有乃父之風，英明精細，能察秋毫。

蕭秋水垂淚道：「我知道這些，因爲我就是蕭秋水。」

岳雲動容道：「是近年來崛起武林，大鬧朱大天王，惡鬥權力幫，勇戰金兵，神州結義的老大哥——蕭殺的蕭，秋天的秋，流水的水——蕭秋水？」

蕭秋水苦笑道：「岳兄這般說，我好生慚愧；那些都是私鬥逞能，不比岳兄救國爲民，真正才是俠之大者。」

岳雲震動未息，道：「蕭兄之出身，聽說便是浣花蕭家了？」岳雲雖經年在軍中，但也聽聞家裡的慘變，幸得浣花蕭家捨命召集天下英豪苦苦支撐，最終仍不免家散人亡，太夫人也沒了消息。

蕭秋水歎道：「正是。」

岳雲正容道：「蕭兄爲我家人以致一門遭禍，恩同日月，請受在下一拜。」

冬 關雲長

岳雲便要跪下去，蕭秋水苦於無法動彈，急道：「岳少將軍，你不能拜，不能……這，萬萬使不得，我，我受不起……」

岳雲道：「蕭兄一家，乃因受我們所累，才致如此……岳某實百拜難表寸心。」

燕狂徒這時的功力又恢復了很多，伸掌貼胸，遙遙一托，岳雲竟跪不下去，燕狂徒道：

「我兄弟不要你跪，你還是省省事罷。」

岳雲只覺有一股無形又極其強大的力道，穩穩托住自己，自己無論怎樣運力，都無法使膝蓋稍彎曲一下，心裡情知這怒獅般的老人武功深不可測，於是道：

「那前輩手上的『天下英雄令』……？」

燕狂徒不耐煩地道：「我說過，我不知道，我是從這小兄弟手中奪得的。」

岳雲道：「這令原是爹爹交予奶奶的，以圖令家小能受天下英雄垂護，卻不知……」

蕭秋水黯然道：「其實就算沒有此令，岳將軍的事，還不是大家的事！說什麼也要誓死匡護的。權力幫也旨在威脅，不是要對太夫人下毒手，只是當時我們不知，黑白二道互拚，反叫朱大天王得了手，我重返浣花時，人蹤已杳，聽說朱大天王殺了我雙親……又將太夫人捉往長江水寨……幸家慈預先把『天下英雄令』藏於劍廬之中，逢巧爲我所得……後來在長板坡之役中，朱順水見我亮出『天下英雄令』，便要來奪，結果給燕前輩搶去……」

岳雲又是一震，失聲問：「前輩姓燕？」

燕狂徒道：「我就是那個燕狂徒。」

岳雲恭然道：「原來是燕前輩。家父有提起過您，說您是江湖上一條好漢，做事不拘塵俗，不受世間權位富貴所擺佈；」燕狂徒眼睛發了亮，顫聲道：「他，他提我……？」

岳雲繼續把話說下去：「爹還說，燕先生的武功，在當今武林中，可以說是首屈一指的，可惜……」

燕狂徒急著要聽下去，問道：「可惜什麼？」

岳雲說：「可惜就是太不受羈束，好惡無常，是非全憑一心，率意而爲，故對人世間造福者少，殺戮反多。這樣很不好。」

燕狂徒默然了半晌，在月色下低垂了他向來昂揚的頭，道：「將軍他說的是。」忽又抬頭，凜厲地說：

「我還要去完成幾件事，就不理江湖事了！這是一件——」他說著乍舉起令牌，道：「我要以你爹爹發出的『天下英雄令』，來制止你爹返朝覆命，亦即是不許岳將軍回去送死！」

岳雲歎道：「燕前輩的一番好意，在下心領。在下也曾常勸父親，卻都無效……燕前輩若拿『天下英雄令』使家父就範，可大大的不妥……不如，不如燕前輩先將令牌收起，讓在下再設法勸阻父親，如仍無效，燕前輩再行定奪……這樣好不好？」

燕狂徒一時也心意難決。他一生做事，任意爲之，無所畏懼，但想到要以「天下英雄令」威脅岳飛，雖是爲對方好，卻總覺不妥，很不願意遭逢此尷尬場面。只聽岳雲，語態十分誠懇：

「家父發出『天下英雄令』，旨意深遠，主要是藉此號召天下英雄以隨國策，若前輩以此爲脅，實有不妥之處。」

蕭秋水在一旁也說：「燕大俠，若讓少將軍來勸，可能比較妥當，請大俠三思！」

燕狂徒苦笑道：「哪還得著用三思，我燕狂徒雖有『狂徒』二字，但仍不敢犯岳飛將軍的虎威。」燕狂徒一笑又道：

「我們就躲在廟內，若你勸不來，我們再瞧情形來辦好了。」

岳雲拱手向燕狂徒朗聲道：「前輩高義，在下沒齒難忘。」又向蕭秋水抱拳道：「且不管這次回不回朝，生死安危，但少俠一片熱腸，岳家一門，銘感五中。……還有一事，尚請少俠仗義費神……」

蕭秋水道：「岳兄救國救民，高情高義，有什麼吩咐，只管說好了，毋庸客氣。」

岳雲輕歎了一口氣道：「我有一子，叫做岳遺，……我怕萬一有什麼意外，那時還請蕭少俠護送他至黃梅縣去避避，並請代末將告之：鋤強扶弱，兼善天下，乃俠之本色，唯官場險惡，寧可餓死，不要做官……」說著，又低歎了一聲。

原來岳雲屢立卓功，但在官場中眼見許多不平事，時仗義執言，屢遭人妒。若論戰功，岳雲實不在朝中大將之下，但岳飛知若封賞其子，必遭眾忌，故寧可隱忍，顧全大局，將輝煌戰績忍讓奸佞們居功虛報，以圖朝廷肯發兵抗金到底。岳飛還差點被迫斬此愛子。岳雲只求跟隨父親身邊戰死，但對官宦的耍弄權謀，實是深惡痛絕！

蕭秋水道：「我記住了。」就在說了這句話後，忽然一陣風吹來，荒草一陣騷然，地上的影子，也動了動，仔細看去，原來是樹的倒影，看去好像一團山魑鬼魅什麼的，蕭秋水也不知爲什麼，心裡一寒，覺得很像一個生離死別的場面。岳雲卻道：

「好像是家父要來了。」

燕狂徒「哦」了一聲，忽然凌空「哧哧」二指，便已打通了蕭秋水雙腿的穴道，蕭秋水一躍而起，但因雙腿穴道被封閉已久，一時痲痺不靈。岳雲在旁，見燕狂徒隔空解穴，心中震撼，暗忖：若軍中有此高手，何愁大事不可爲……心下計議已定，決意若勸得父親不返面聖，便設法使父親收錄這等江湖豪傑，以謀大舉。

蕭秋水未明所以，燕狂徒疾道：「快，過來背我。」蕭秋水走近去，卻因手不能動，無法相執。燕狂徒腿雖不能動彈，但雙掌一按地上，身形竄起，已落在蕭秋水背上，牢牢夾住蕭秋水，道：

「我們先走，讓他們父子說去，快！」

蕭秋水的輕功自是非同小可，幾個起落，已躍出了數十丈，燕狂徒忽道：

「我們進廟裡去。」

蕭秋水道：「好。」

於是背著燕狂徒，竄入了破廟。這關帝廟甚是破舊，蛛網四佈，失修多年，雖位於臨安城郊，皇帝天天酒如池、肉如山，時時苛徵暴斂，哪有功夫修廟建橋？蕭秋水暗歎一聲，燕狂徒道：

「你歎什麼，是歎我不解你手上和全身穴道？」

蕭秋水道：「其實我既答允了依你去三個地方，就算你放了我，我也不會走。」

燕狂徒笑道：「你的爲人我知道，倒是言而有信的好漢子，我不解你穴道，倒不是怕你逃，而是怕你出手……這些事我不想別人插手。」

只聽這時馬蹄沓雜，傳入耳中，燕狂徒捺不住有些興奮，道：

「岳飛來了！」

蕭秋水忍不住追問道：「你既不想我插手，又要我來作甚？」

燕狂徒瞪了他一眼道：「我不是說過了嗎？有事情要你轉達，萬一時有個見證啊。」

他一面說一面張望出去。只見外面燭火明晃，月色反而黯淡下來，那岳雲正向一人行禮，那人與岳雲說了幾句話，便彷彿往這邊行來。這時燭火燒得噼啪有聲，火舌奇響，連燕狂徒、蕭秋水在破廟裡，都清晰可聞，忽聽古舊木製封塵的神像後「卜」

地一聲，兩人唬了一跳，猛回首，原來是一隻老鼠匆匆鑽入洞凹裡。

燕狂徒和蕭秋水對視一眼。

燕狂徒道：「他們來了。」

蕭秋水道：「好像往這邊來了。」

燕狂徒平時一世豪勇，而今心裡噗噗直跳，道：「見飛將軍，這時見著了，有些不好。」

蕭秋水也不知怎的，知是自己仰切已久的人到來，心中亦十分緊張，道：「是不好。」

燕狂徒低聲道：「不如……先躲起來！」

蕭秋水也噤聲道：「好，我背你上樑！」

蕭秋水一蹲身，燕狂徒一攀蕭秋水手臂，即躍上了他的背肩。這時兩人手上一觸，都覺對方的手甚冰冷。兩人一個勇猛狂悍，古今獨步，一個年少氣盛，世無所匹，突然都因一個將軍的出現，控制不住心生的震畏與奮悅。

兩人悄沒聲的上了樑，樑上灰塵甚多，簌簌落下，燕狂徒細聲罵道：

「唉呀，哎呀，怎麼這般不小心，別灑著了將軍！」

蕭秋水緘默了半晌，火光漸亮，顯然岳飛一行人，已走近廟門，蕭秋水這時忽道：「燕前輩。」

燕狂徒漫不經心地應道：「嗯？」

這時人聲、馬蹄聲已近廟門，蕭秋水精神恍惚，道：「燕前輩，真沒想到您是這樣的人？」

燕狂徒沒聽清楚，即問了一句：「怎麼？」

蕭秋水道：「晚輩以爲燕先生要我去三個什麼樣的地方……江湖上人人傳您荒誕絕倫，度越常情，卻不知道您抗節孤忠——」

這時已有人推開廟門，只聽「依嘎——」一聲，燕狂徒心裡慌惶，低聲疾噓道：「噤聲！來了！」

只見火光忽地照了進來。只見一人軍戎打扮，從樑上看下去，那盔帽頂的澄銅，映著火光，耀眼眩目。人雖著軍裝，卻有好一股文氣！

那人之後，站著的是岳雲。岳雲本生得俊朗英挺，但此時俯視，也許是居高臨下之故罷，反而顯得矮小、可是那爲首的人卻不使人有這種感覺。

那人站在兩人中央，左邊是岳雲，右邊還有一武將打扮的人。這人虬髯滿臉，但臉容也給頭上軍盔遮蓋，故看不清楚。

當中那人，一入廟門，立刻畢恭畢敬，對廟中神像，拜了三拜，說：「關二爺義薄雲天，護漢盡忠，是値得我們景仰的人，可惜流年征戰，廟宇失修，他日直搗黃龍之後，必定來修建此廟。雲兒，此事且記住了。」

岳雲即恭聲應道：「是。」

燕狂徒和蕭秋水心裡同時一動：那人就是岳飛了！卻又偏生看不到他臉目。只聽旁邊站在那兒虎虎生風的武官說道：

「大哥，我聽雲兒的話，也有道理。奸相當權，咱們回去，豈不受死？死倒不打緊，但大丈夫焉能受辱!?咱們到朱仙鎭，跟兄弟殺到汴梁去！要是皇帝反過來咬咱們的尾巴，咱們乾脆袖手旁觀，看要是咱家不打，韓老將軍不打，劉、張不打，看秦檜、許龜年他們能不能打！要不，趙構自己打去！」這人說得性起。

岳飛忽低喝了一聲：「張憲，不得無禮！」

張憲「騰騰騰」退了三步。而這一喝聲低沈，卻有一種威勢，令樑上二大高手，也爲之一震。只聽張憲惶恐地道：

「將軍息怒，屬下知罪，請處置。」

岳飛默然了半晌，歎道：「這怪不得你，確是佞臣當途，萬民於水深火熱之中。只是天子爲大，聖恩如天，不可稍加冒瀆。若人人如此，則禮法何在?規矩無存!敗一家之禮，不成體統，喪一國之法，則禍亡無日矣!」

張憲垂首道：「是。」

岳飛踏前幾步，端視神像，燕、蕭二人，正圖看箇清楚，卻因橫樑遮擋，反而看不見，又怕稍動驚擾了岳將軍，便屏息靜聆，只聽岳飛又道：

「雲兒的話，不是沒有道理。『將在外君命有所不受』，話雖如此說，但國家多難，正是尊王攘夷之際，若作此忤行，恐怕正中了賊子所謀，壞了社稷，成了千古罪人哪。」

那張憲忍不住又插口道：「金兀朮命秦檜『必殺飛』，殺的就是大哥您啊!『必殺飛』才是他們的陰謀，就算咱們回去，也不必急在一時啊——」

岳飛喝斷道：「張憲——」張憲陡然住口，隔了半晌，岳飛才調整了厲語，道：

「你和雲兒出去罷。我要在這兒片刻——」

張憲答：「好。」岳雲乍想起燕狂徒、蕭秋水二人，臉有難色，正想啓口，岳飛道：

「去吧。」

岳雲打量了一下廟裡的情勢，與張憲快快然退了出去，只留下岳飛一人在廟裡。

燕狂徒和蕭秋水二人，彷彿可以聽見對方的心跳。

這時忽聞「噗」地一聲，只見兩隻鞋底，並齊踮企，原來岳飛跪在神像之前，只聽他說：

「關二爺，此刻家國多難，女真入侵，內有貪官，您護漢抗賊，義膽忠肝，這等局面，關二爺可要開開眼、發發威，保佑保佑，我岳鵬舉實在山窮水盡，內外交煎了啊。」

語音懇切，聽得蕭秋水眼眶一熱，只見燕狂徒眼圈兒也紅了。一個戎馬倥傯的大將軍，竟在此時對神像這般泣訴。只聽岳飛又道：

「我這番去，大概難逃一死，秦檜要殺我而放心，皇上殺我而安心，金人殺我而甘心。我岳飛死不足惜，只是山河未復。宋人金人，本無分別，但女真一族，無故入侵，掠奪殺擄我民以虐，故我誓師殺敵，只是皇上怕我真箇大捷時，接二帝還，他就皇位不保了，故甘心受秦檜之利用……唉。」

隔了半晌，只聽岳飛又道：「現今我只有三個願望，求關爺庇祐。我一求家國安寧，天下太平，若下官能以一死，喚醒天下民心，逐佞臣，護法君，還我河山，直搗黃龍，吾將含笑於九泉也！」

這時門外幾聲馬嘶，馬蹄聲不安地踏響著。只聽岳飛又道：

「我的第二個願望，係求秦檜奸賊，殺我一人便可，萬勿連累軍中兄弟，以及無辜百姓，和岳某家人！還有朱仙鎮佈陣，絕撤不得，一撤則前功盡棄，爲此流血流汗的弟兄，都白白犧牲了！關二爺庇祐，求關二爺庇祐！」

燕狂徒和蕭秋水又對望了一眼，心情激動，莫可抑止。岳飛又說：

「第三個願望，是望……」話未說完，忽一陣急蹄卷至，驟然在廟前停下。只聽岳雲「刷」地拔出腰刀，喝問道：「是誰!?」一人橫嚚的喊問：「岳飛在否!?」張憲大喝一聲：「你又是誰!?」只聽「砰」地一聲，那人似被這一喝，嚇得跌落下馬來。

只聽張憲又大喝道：「你究竟是誰?再不說，一刀把你給殺了!」

那人上氣不接下氣地道：「我……我，我……是……是……皇上派來的……使，使，使……使者……使不得，不要殺我……」

岳飛揚聲問道：「是什麼人?」

岳雲稟告道：「是皇上特派使者。」

岳飛又問：「什麼事?」

張憲搶著答：「我在來人身上搜到一張字條……上面寫……寫什麼來著？王貴！」

只聽一人應聲而出，隔了片刻，一人從容地道：「確是皇上御筆，上書：『飛速回』三字。」

岳飛站了起來，道：「張憲不得失禮。快送使者回去。」張憲答：「是。」

只聽外面一陣騷動。只聽張憲還在外面壓低了聲音道：「你別假惺惺，我知道是誰派你來的。你回去告訴秦檜，若他敢動岳爺一根寒毛，我張憲……」

岳飛又低喝了一聲，語音微帶責備之意：

「張憲。」

張憲應道：「是。」

外面便沒了聲息，不一會便傳來馬蹄聲，那使者走了。

岳飛長歎了一聲，走了出來，恰好又是在原來的地方，樑椽之下，仍是看不清面目。只見他臉朝外，映著月光，出神了一會兒後，毅然自語道：

「就算上刀山，下油鍋，我也要回去覆命，否則國不爲國，家何以爲？覆巢之下，焉有完卵？望韓將軍等，能力挽狂瀾矣。是真正關懷我岳某人的，岳某心領，但請成全我岳某人，岳某並非意氣用事，或圖名傳後世，而是以死全忠而已。」說罷向著神像，深深一拜，又向樑上，雙手一拱，便霍然步出廟門。

「依呀」一聲，廟門又告關上。馬蹄忽起，馬嘶遠去，廟門縫隙中的火光，也逐漸淡去，只剩下月色，仍幽淡的滲進來，一絡一絡的鋪灑在地上。

月光皎潔，地上灰塵很多。

蕭秋水、燕狂徒對望了一會兒，都沒有說話。

隔了一會，燕狂徒一頷首，蕭秋水會意，一彎腰身，燕狂徒即登上他背項，蕭秋水躍下地來。只見地上一行腳印，踏在灰塵上，清晰可見，但人已遠去。那是岳飛適才踱步時所留下的腳痕。

燕狂徒伸手掩開了門，「伊嘎——」一聲，月光劈頭劈臉，當頭罩了下來。兩人都深深吸了一口氣，只見那棵枯樹，在月色下更無生氣。

燕狂徒氣湧丹田，大喝了一聲，又清嘯了一聲，再狂吼了三聲。

這三聲長嘷，再震得一樹昏鴉，簌簌掠起，掠入昏夜之中。燕狂徒嘯了三聲，側首問蕭秋水：

「幾時天才亮？」

蕭秋水道：「快了。」

燕狂徒指著枯樹道：「怎麼才秋天葉就落盡了。」

蕭秋水說：「可能冬天近了。」

燕狂徒呆呆出神了一會兒，忽覺月光映灑在遠山、近樹、滿地上，就如雪色一般，忽然機伶伶地打了個冷戰，近乎呻吟地說了一句：

「真是寂寞的呀。」

校於一九八四年六月廿五日凌晨五時十五分

計劃同年內第二次返馬行

重校於一九九三年九月十七日黯然斷情日

情之傷人，一至於斯

改寫於一九九八年二月二十、廿一日

台寄來郵件，任何證件均取不得，

火大，要發作，幸囑葉再取得，俟何

方，回齋同公開十七年來萬盛後台首次花田新版「布衣神相」，靚，有心，有新意，惜作者簡介、書介、相片全有錯處／帶方飲夜茶弄巧反拙，再吃潮州牛丸粉才過骨／華發辦平貨／竹家莊慶祝，大加梁何薪／梁何問劉一切有關細節安排，建立交情／換人民幣秦「很有問題」／過年前之氣氛，望有家室溫馨，望事業振奮，望改變現狀／「葉夢色」、「殺人的心跳」、「天威」新版一流，且送大量書簽要簽名贈讀友

《寂寞高手》完

請續看《天下有雪》

【武俠經典新版】

神州奇俠（卷七）寂寞高手

作者：溫瑞安
發行人：陳曉林
出版所：風雲時代出版股份有限公司
地址：10576台北市民生東路五段178號7樓之3
電話：(02) 2756-0949
傳真：(02) 2765-3799
執行主編：劉宇青
美術設計：許惠芳
業務總監：張瑋鳳
初版日期：2024年5月新版一刷
版權授權：溫瑞安
ISBN：978-626-7369-56-2
風雲書網：http://www.eastbooks.com.tw
官方部落格：http://eastbooks.pixnet.net/blog
Facebook：http://www.facebook.com/h7560949
E-mail：h7560949@ms15.hinet.net
劃撥帳號：12043291
戶名：風雲時代出版股份有限公司
風雲發行所：33373桃園市龜山區公西村2鄰復興街304巷96號
電話：(03) 318-1378
傳真：(03) 318-1378
法律顧問：永然法律事務所 李永然律師
北辰著作權事務所 蕭雄淋律師
行政院新聞局局版台業字第3595號 營利事業統一編號22759935

定價：320元

國家圖書館出版品預行編目資料

神州奇俠／溫瑞安 著. -- 臺北市：風雲時代出版股份有限公司,，2024.01-　冊；公分
武俠經典新版

ISBN 978-626-7369-56-2（第7冊：平裝）

1.武俠小說

857.9　　112019839